SER COMO ELES
e
outros textos

EDUARDO GALEANO

SER COMO ELES
e
outros textos

Tradução de Eric Nepomuceno

A L&PM Editores agradece à Siglo Veintiuno Editores pela cessão da capa deste livro.

Texto de acordo com a nova ortografia.
Título original: *Ser como ellos y otros artículos*

Tradução e apresentação: Eric Nepomuceno
Projeto gráfico da capa: Tholön Kunst
Preparação: Patrícia Yurgel
Revisão: Mariana Donner da Costa

CIP-Brasil. Catalogação na publicação
Sindicato Nacional dos Editores de Livros, RJ.

G15s

    Galeano, Eduardo, 1940-2015
    Ser como eles: e outros textos / Eduardo Galeano; tradução Eric Nepomuceno. – 1. ed. – Porto Alegre [RS]: L&PM, 2023.
    144 p. ; 21 cm.

    Tradução de: *Ser como ellos y otros artículos*
    ISBN 978-65-5666-374-6

    1. Crônicas uruguaias. I. Nepomuceno, Eric. II. Título.

23-83886   CDD: 868.993953
                   CDU: 82-94(899)

Gabriela Faray Ferreira Lopes - Bibliotecária - CRB-7/6643

Copyright © 2018, Eduardo Galeano
All rights reserved

Todos os direitos desta edição reservados a L&PM Editores
Rua Comendador Coruja, 314, loja 9 – Floresta – 90.220-180
Porto Alegre – RS – Brasil / Fone: 51.3225.5777

Pedidos & Depto. Comercial: vendas@lpm.com.br
Fale conosco: info@lpm.com.br
www.lpm.com.br

Impresso no Brasil
Primavera de 2023

Sumário

Anotações sobre Eduardo Galeano – *por*
Eric Nepomuceno — 7

Ontem
Anotações sobre a memória e sobre o fogo — 17
Cinco séculos de proibição do arco-íris no
céu americano — 31

Hoje
Vendem-se pernas — 51
Mea-culpa — 55
A guerra das falácias — 61
Dicionário da Nova Ordem Mundial
(Imprescindível na bolsa da dama
e no bolso do cavalheiro) — 67
As fotografias de Sebastião Salgado:
A luz é um segredo do lixo — 73
Os cursos da Faculdade de Impunidades — 85
O direito à alegria — 93
Apesar dos pesares — 101

Amanhã
O menino perdido na intempérie — 111
A teoria do fim da história:
O desprezo como destino — 119
Ser como eles — 127

Anotações sobre Eduardo Galeano

*Eric Nepomuceno**

1.

Até 1982, quando publicou *Os nascimentos*, primeiro volume da trilogia *Memória do fogo*, sua obra considerada a mais importante, os livros de Eduardo Galeano se dividiam na forma clássica: ficção, como os contos esplendorosos de *Vagamundo*, para ficar num só exemplo, e não ficção, como o ainda atual *As veias abertas da América Latina*.

Em 2012 ele disse, é verdade, que este livro que o tornou conhecido mundo afora ficou no passado, mas a realidade que vivemos deixa claro que não ficou.

A partir da trilogia, Galeano atropelou, e para sempre, os limites entre ficção, não ficção e até mesmo poesia.

Se antes já tinha um estilo próprio e facilmente reconhecível, a partir do momento em que desfez as fronteiras da forma e da linguagem, sua escrita se tornou única.

Um ponto, porém, não mudou nunca: Eduardo Galeano foi jornalista até o fim de seus dias.

Jamais deixou de ser repórter, jamais sossegou seu olhar sobre as coisas da vida e do mundo.

---

* Jornalista, escritor e tradutor brasileiro, responsável por traduções de Jorge Luis Borges, Julio Cortázar e Gabriel García Márquez, entre muitos outros autores.

2.
Ele tinha uma capacidade infinita de produzir tanto artigos longos e minuciosos quanto pequenas vinhetas. E todos, dos mais vastos aos mais breves, tinham o mesmo eixo: a América Latina e suas comarcas. Nossas sofridas comarcas.

Logo no primeiro texto deste livro, Galeano conta da feitura de *Memória do fogo*.

Diz que fez a trilogia como uma forma de lutar contra "a amnésia das coisas que valem a pena recordar".

Lembra que levou oito longos anos escrevendo a nossa história, dos mitos indígenas da criação do mundo até 1984, quando voltou para a sua Montevidéu depois de um segundo e longo exílio.

3.
Cada um dos textos desta coletânea traz a data em que foi escrito. Vão de 1989 a 1992, um período especialmente tumultuado em todo o mundo e também em várias das nossas comarcas.

Mas nenhum deles é datado: ao contrário, continuam vigentes, lamentavelmente vigentes.

Mesmo quando Eduardo Galeano fala da paixão de seu país pelo futebol, ou quando põe o *olhar* no trabalho do imenso fotógrafo brasileiro Sebastião Salgado, o foco é sempre o mesmo: a divisão injusta do mundo, os talhos brutais da realidade nossa.

Tudo que é publicado aqui foi escrito com uma coerência absoluta dele, e assim permanece.

Muitas vezes tenho a sensação de que, mais até do que coerência, denunciar essa brutalidade social foi uma espécie de obsessão.

4.

Há também, nestes textos, boas mostras do humor peculiar de Eduardo Galeano. "O dicionário da Nova Ordem Mundial" é um claro e consistente exemplo disso.

Outro exemplo é a história que ele conta numa palestra durante a reunião anual dos livreiros dos Estados Unidos, feita em Los Angeles no ano de 1992, sobre a primeira vez em que quis viajar para aquele país.

5.

Também aborda, em vários artigos desta coletânea, um tema extremamente atual, mas muito pouco abordado naquela época um tanto distante: a questão do meio ambiente.

Foi dos primeiros intelectuais realmente de peso mundo afora a mergulhar no assunto.

Pois essa preocupação de Galeano não fez mais do que crescer intensamente.

Assim, sua capacidade olímpica de abordar uma vastidão de temas fica palpável nesta pequena coletânea.

6.

Conheci Galeano em março ou abril de 1973, quando eu tinha acabado de me instalar em Buenos Aires.

A revista *Crisis*, que se tornaria a mais importante publicação cultural latino-americana, dirigida e criada por ele, estava prestes a ser lançada. Nunca houve nada igual. *Crisis* durou de maio de 1973 a julho de 1976. Foi uma revista emblemática de literatura e cultura daquela década. Tinha um vasto grupo de colaboradores que vinham de diferentes origens, trajetórias e afinidades políticas, basicamente de esquerda, do peronismo argentino ao nacionalismo, tanto do meio intelectual e do jornalismo como do meio acadêmico. A grande diferença é que não tinha como alvo apenas os meios acadêmicos e intelectuais, elitistas, mas o público leitor em geral. Daí o seu êxito: uma linguagem ágil e contundente, ampla e objetiva. Reuniu colaboradores da melhor estirpe latino-americana, sem exceção.

Rapidamente Galeano me adotou como amigo mais novo – eu tinha na época 24 anos, e ele, 32 –, e nunca mais nos desgrudamos.

Eu dizia e reitero aqui que Galeano foi o irmão mais velho que a vida me deu.

Quando nos conhecemos ele passava a semana em Buenos Aires e nas sextas-feiras voltava para Montevidéu, onde moravam sua filha Florencia, seu filho Claudio e sua então mulher, Graciela.

Naquele tempo, nos encontramos na sua cidade uma única vez, em junho de 1973, quando houve o golpe de Estado no Uruguai. No dia 27 de junho de 1973 Juan María Bordaberry, um fazendeirão eleito presidente dois anos antes pela direita, encabeçou um golpe de Estado. Dissolveu o parlamento, as associações civis, os sindicatos, suprimiu as liberdades individuais. Na verdade, agiu achando que contaria com o pleno apoio das Forças Armadas. Num instante virou fantoche delas. Acabou destituído em junho de 1976, pois havia se radicalizado tanto que nem os militares o suportaram. A ditadura só acabou em 1984, e aí Galeano finalmente pôde começar a preparar sua volta ao Uruguai. Ele precisou sair do Uruguai logo depois do golpe para não ser preso. Seu livro *As veias abertas da América Latina* era um êxito, com suas denúncias claríssimas.

Além disso, desde a juventude ele era figura emblemática da esquerda, primeiro como uma espécie de rapazola prodígio, depois como militante ativo. O risco de ele ser preso era enorme. Nas férias ou nos feriados prolongados, seus filhos iam para Buenos Aires.

Depois de sua volta do exílio, foram inúmeras as vezes em que nos encontramos na capital uruguaia. Eu tinha uma memória pessoal da Montevidéu da minha juventude – eu ia muito para lá com meu pai –, e era divertido competir com ele sobre quem lembrava de cafés, bares, restaurantes e rincões secretos da cidade.

Eu, claro, perdia sempre.

Aquele, o de 1973, foi seu primeiro exílio.

O segundo veio em outro junho, o de 1976, depois do golpe militar do sanguinário general Jorge Rafael Videla na Argentina.

Crisis tinha fechado e ele havia entrado na tenebrosa lista dos procurados pelos grupos formados por militares e policiais da ativa. Todos os procurados que ficaram no país integram a lista de 30 mil mortos e desaparecidos naquela Argentina ensanguentada.

Ao lado de Helena Villagra, com quem se casara havia pouco, ele foi parar na Espanha.

Escolheu para morar a cidadezinha praieira de Calella de la Costa, a pouco mais de uma hora de trem de Barcelona.

Em setembro daquele mesmo ano foi a minha vez de chegar exilado na Espanha.

Precisei literalmente, como Helena e ele, fugir de Buenos Aires, e não pude voltar para o Brasil. E, como os dois, fui parar na Espanha. Por questões de trabalho, acabei morando em Madri.

A cada mês, mês e meio, eu ia até Calella. E ele ia muito a Madri. Nos hospedávamos um na casa do outro, compartíamos cafés, bares e restaurantes.

7.

Quando nos conhecemos, ele estava despontando para o auge da fama com *As veias abertas da América Latina*. Dava os retoques finais nos contos de *Vagamundo*, que traduzi, e em 1976 se tornou seu primeiro livro publicado no Brasil.

Dali em diante acompanhei muito de perto tudo ou quase tudo que ele escreveu para virar livro, a começar pelo romance *La canción de nosotros* e até os textos derradeiros, reunidos no póstumo *O caçador de histórias*.

8.

Conto tudo isso para dizer que reconheço Galeano em cada linha de cada texto reunido aqui nesta coletânea.

De alguns eu me lembrava, de outros não, e havia ainda os que não tinha lido.

Mergulhei neles ouvindo a voz do autor, ora risonha, ora irada, sempre contundente. E sempre coerente.

9.

Lembro, enfim, que o nome inteiro dele era Eduardo Germán María Hughes Galeano.

Um nome extenso, mas de tamanho ínfimo se comparado à sua dignidade e seu talento.

Uma vez perguntei por que, em vez de assinar Eduardo Hughes, preferiu o sobrenome da mãe, Galeano.

A resposta: pela sonoridade.

10.
Ao terminar a tradução dos textos desta coletânea, choveram em mim perguntas mais que óbvias.
A começar pela primeira, a mais insistente: como Galeano iria descrever o que o mundo viu nos últimos sete anos, desde a sua partida? Teria ele alguma vez imaginado alguém como Donald Trump na presidência dos Estados Unidos, ou um Jair Bolsonaro sendo eleito neste Brasil que ele tanto amava?
Como assistiria à destruição vivida pelo meu país, que ele dizia também ser dele, ao longo de quatro intermináveis anos?

11.
Já disse e repito: às vezes, vendo o que vi e vivi, me acalma a alma saber que amigos como Darcy Ribeiro e Eduardo Galeano não viram o que vimos e vivemos.
Muito mais vezes, porém, sinto que na minha alma se abriu uma grota funda por não poder ouvir o que eles diriam disso tudo.

12.
Sim, é imensa, enorme, a falta que sinto de Galeano.
Lembro que durante meses, depois de sua partida, eu volta e meia me pegava ligando para a casa dele em Montevidéu para perguntar o que ele achava de determinada situação, ou para contar novidades e pedir novidades.
Levei um bom tempo até entender que nunca mais. Entender, entendi.
Aceitar, ainda não.

13.

Quando ele, viajante incansável, partiu na sua única viagem sem volta, eu disse em várias entrevistas que estava preparado para aquele momento.

Sabia que o câncer que havia sido superado anos antes tinha voltado, e que daquela vez seria para sempre.

14.

Sim, sim, eu estava preparado para a partida.

Só não estava, nem estou, preparado para o que viria e veio depois.

Rio de Janeiro, fevereiro de 2023.

ONTEM

Anotações sobre a memória e sobre o fogo

O assombro de um anjinho

Dia desses Deus aponta nossas terras com o dedo e encarrega a um anjo do alto céu um relatório sobre a América Latina. Não pede por curiosidade, nem por aborrecimento. Deus está preocupado: disseram a ele que aqui as pessoas morrem aos milhares, de fome ou de bala, e que dizem que é por ordem dele. Disseram que se diz que é assim que Ele quer.

O anjinho, funcionário do Além, começa por consultar o mapa do Aqui. No mapa, a América Latina ocupa menos espaço que a Europa, e muito menos que os Estados Unidos e o Canadá. Então o alado funcionário descobre que o mapa não coincide em nada com o que ele está vendo no espaço. E quando consulta a história oficial descobre que ela não coincide em nada com o que ele está vendo no tempo.

A América Latina está apequenada na história do mesmo jeito que está apequenada no mapa.

O assombro de um escritor

Esta é uma região do mundo gravemente enferma de bobageria e copiandite. Há cinco séculos está treinada para cuspir no espelho: para ignorar e desprezar o melhor de si mesma.

A história real da América Latina, e da América toda, é uma assombrosa fonte de dignidade e de beleza; mas a dignidade e a beleza, irmãs siamesas da humilhação e do horror, raras vezes aparecem na história oficial. Os vencedores, que justificam seus privilégios como direito de herança, impõem sua própria memória como memória única e obrigatória. A história oficial, vitrine onde o sistema exibe seus velhos disfarces, mente pelo que diz e mente mais pelo que cala. Esse desfile de heróis mascarados reduz nossa deslumbrante realidade ao espetáculo anão da vitória dos ricos, dos brancos, dos machos e dos militares.

Um caçador de vozes

Eu, branco e macho, mas nem militar nem rico, escrevi *Memória do fogo* contra a amnésia das coisas que valem a pena recordar.

 Não sou historiador. Sou um escritor que se sente desafiado pelo enigma e pela mentira, que gostaria que o presente deixasse de ser uma dolorosa expiação do passado, e que gostaria de imaginar o futuro em vez de aceitá-lo: um caçador de vozes, perdidas e verdadeiras vozes que andam esparramadas por aí.

 A memória que merece resgate está pulverizada. Estalou em pedaços.

O elefante

Quando eu era menino, minha avó me contou a fábula dos cegos e do elefante.

Os três cegos estavam diante de um elefante. Um deles apalpou a cauda do elefante e disse:
– É uma corda.
Outro cego acariciou uma pata do elefante e opinou:
– É uma coluna.
E o terceiro cego apoiou a mão no corpo do elefante e adivinhou:
– É uma parede.
Assim estamos: cegos de nós mesmos, cegos do mundo. Desde que nascemos somos treinados para não ver nada mais que pedacinhos. A cultura dominante, cultura da desvinculação, rompe a história passada como rompe a realidade presente; e proíbe montar o quebra-cabeça.

Janelas

Os breves capítulos de *Memória do fogo* são janelas para uma casa que cada leitor constrói a partir da leitura; e há tantas casas como possíveis leitores. As janelas, espaços abertos ao tempo, ajudam a olhar. Isso, pelo menos, é o que o autor gostaria: ajudar a olhar. Que o leitor veja e descubra o tempo que foi como se o tempo estivesse sendo, passado que se faz presente, através das histórias-janelas que a trilogia conta.

"O galho tem seus pássaros fiéis", escreveu o poeta Salinas, "porque não ata: oferece." Esta obra nasceu para se realizar no leitor, não para encaderná-lo. O leitor entra e sai da casa de palavras como quiser, quando quiser e por onde quiser, lendo-a do princípio ao fim ou do fim ao princípio, de corrido ou salteado ou ao acaso, ou como lhe ocorrer. A liberdade prova que a casa é de verdade sua: no leitor, e pelo leitor, existe e cresce.

Ontem e hoje

Memória do fogo está escrita no tempo presente, como se o passado estivesse acontecendo. Porque o passado está vivo, embora tenha sido enterrado por erro ou por infâmia, e porque o divórcio do passado e do presente é tão péssimo como o divórcio da alma e do corpo, da consciência e do ato, da razão e do coração.

O tormento e a festa

Foram oito longos anos de trabalho. *Memória do fogo* foi um tormento para o traseiro e uma festa para a mão. Sofri oito longos anos grudado numa cadeira em várias bibliotecas do mundo, e usufruí oito longos anos de criação rabiscando papéis.

A trilogia provém de mais de mil fontes documentais. Nelas se apoia e a partir delas voa, livremente, do seu jeito e da sua maneira. As histórias de *Memória do fogo* aconteceram na realidade e não na minha imaginação; mas eu sei bem que quem copia a realidade trai seus mistérios. A linguagem, que quis ser despida e contagiosa de eletricidades, nasceu da necessidade de dizer a memória da América e devolvê-la *viva* aos seus filhos de agora.

Por isso a obra não pertence a nenhum gênero literário, embora gostaria de pertencer a todos, e alegremente viola as fronteiras que separam o ensaio da narrativa, o documento da poesia. Por que a necessidade de saber há de ser inimiga do prazer de ler? E por que a voz humana há de ser classificada como se fosse um inseto?

A metáfora incessante

Descobri em algum livro: quando as escravas negras fugiam das plantações do Suriname, no século XVII, enchiam de sementes suas frondosas cabeleiras. Ao chegar aos refúgios dos escravos fugidos, na selva, sacudiam a cabeça e assim fecundavam a terra livre.
Memória do fogo conta mil momentinhos da história. Momentinhos como este, reveladores da maravilha ou do espanto da aventura humana na América. Porque toda situação é símbolo de muitas, o grande fala através do pequenino e o universo é visto pelo olho da fechadura. A realidade, insuperável poeta de si mesma, fala uma linguagem de símbolos.
Comecei a escrever a trilogia no dia em que percebi uma coisa que agora me parece evidente de toda evidência: a história é uma metáfora incessante.

O vai e vem dos mitos

Os mitos, metáforas coletivas, atos coletivos de criação, oferecem resposta aos desafios da natureza e aos mistérios da experiência humana. Através deles a memória permanece, se reconhece e atua.
Ao longo de toda trilogia, a experiência histórica se entrecruza com os mitos num mesmo tear, tal como acontece na realidade; mas a primeira parte de *Memória do fogo* está construída exclusivamente sobre a base de mitos indígenas transmitidos de pais a filhos pela tradição oral. Eu não encontrei melhor maneira de me aproximar da América anterior a Colombo. Afinal, quase toda a documentação da época acabou nas fogueiras dos conquistadores.

Os mitos indígenas, chaves de identidade da mais antiga memória americana, perpetuam os sonhos dos vencidos, perdidos sonhos, sonhos desprezados, e os devolvem à história viva: vêm da história, e para a história vão.

Em 1572, quando os espanhóis cortaram a cabeça de Tupac Amaru, último rei da dinastia dos incas, nasceu um mito entre os índios do Peru. O mito anunciava que a cabeça se juntaria ao corpo. Dois séculos depois, o mito voltou à realidade da qual provinha e a profecia se fez história: José Gabriel Condorcanqui tomou o nome de Tupac Amaru e encabeçou a maior sublevação indígena de todos os tempos.

A cabeça cortada se encontrou com o corpo.

Vozes ou ecos?

Daqui a pouco serão celebrados os quinhentos anos da chegada de Colombo, e já vai sendo hora de que a América comece a se descobrir a si própria.

O resgate do passado é parte desta urgente necessidade de revelação. E onde ressoam, obstinadamente vivas, as vozes que nos ajudam a ser? Para cima e para fora, ou para baixo e para dentro? Na "civilização" ou na "barbárie"?

Lá por 1867 o Equador enviou uma seleção de quadros de seus melhores pintores para a Exposição Universal de Paris. Esses quadros eram cópias exatas de algumas obras-primas da pintura europeia. O catálogo oficial exaltava o talento dos artistas equatorianos na arte da reprodução.

O coro

Os de cima, copiões dos de fora, desprezam os de baixo e os de dentro: o povo é o coro do herói. Os "ignorantes" não fazem a história: recebem a história já feita.

Pouco ou nenhum espaço ocupam, nos textos que ensinam o passado americano, as rebeliões indígenas, que foram contínuas desde 1493, e as rebeliões negras, também contínuas desde que a Europa realizou a façanha de estabelecer a escravidão hereditária na América.

Para os usurpadores da memória, para os ladrões da palavra, esta longa história da dignidade não passa de uma sucessão de atos de má conduta. A luta pela liberdade começou no dia que os próceres da independência levantaram suas espadas; e essa luta acabou quando os doutores redigiram, em cada país recém-nascido, uma bela Constituição que negava todos os direitos ao povo que tinha posto os mortos no campo de batalha.

Elas

"Atrás de todo grande homem há uma mulher." Frequente homenagem, duvidoso elogio: reduz a mulher à condição de encosto de cadeira.

A função tradicional: a mulher é filha devota, esposa abnegada, mãe sacrificada, viúva exemplar. Ela obedece, decora, consola e se cala. Na história oficial, esta sombra fiel só merece silêncio. No máximo se outorga uma ou outra menção às senhoras dos próceres. Mas na história real, outra mulher aparece entre as barras da jaula. Às vezes não há outro remédio a não ser reconhecer a sua existência. É o caso de sóror Juana Inés de la Cruz, que nem ela mesma pôde evitar em si tão alto e perturbador talento, ou de Manuela Sáenz e sua vida fulgurante. Mas isso sim: nada se diz, nem de passagem, das capitãs negras ou índias que propinaram tremendas sovas nas tropas coloniais *antes* das guerras de independência. Em honrosa exceção a esta lei do silêncio, a Jamaica reconheceu Nanny como heroína nacional: Nanny, a escrava bravia, metade mulher e metade deusa, que querendo a liberdade encabeçou os escravos foragidos de Barlovento e humilhou o exército inglês há dois séculos e meio.

O piedoso e o louco

Quando eu era menino na escola aprendi a venerar Francisco Antonio Maciel, "o pai dos pobres", fundador do Hospital de Caridade de Montevidéu. Anos depois descobri que aquele piedoso senhor ganhava a vida vendendo carne humana: era traficante de escravos.

As estátuas que sobram são quase tantas como as estátuas que faltam. Descobri muita infâmia trabalhando para *Memória do fogo*. Mas descobri maravilhas que eu não conhecia, ou conhecia mal.

Simón Rodríguez foi uma das revelações deslumbrantes. Poucos sabem dele na Venezuela, onde nasceu; quase ninguém nos demais países latino-americanos. Na melhor das hipóteses é recordado vagamente por ter sido professor de Simón Bolívar na infância. Mas ele foi o pensador mais audaz do seu tempo em nossas terras, e um século e meio depois suas palavras e seus atos parecem ser da semana passada. Don Simón andou em lombo de mula pelos caminhos, pregando no deserto. Era tido como louco, era chamado de "O louco". Ele desafiava os donos do poder, incapazes de criação, capazes somente de importar ideias e mercadorias da Europa e dos Estados Unidos: "Imitem a originalidade!", exortava, acusava, don Simón. "Imitem a originalidade, já que tratam de imitar tudo!" E esse foi um de seus dois pecados imperdoáveis: ser original. O outro: não ser militar.

O Nobel e ninguém

A história passada está de pernas para cima porque a realidade atual anda de cabeça para baixo. E não só no sul da América: também no norte.
Quem não conhece, nos Estados Unidos, Teddy Roosevelt? Este herói nacional predicou a guerra, que praticou contra os fracos: a guerra, proclamava Roosevelt, purifica a alma e melhora a raça. Por isso ganhou o Prêmio Nobel da Paz.
Em compensação, quem conhece, nos Estados Unidos, Charles Drew? Não é que a história tenha se esquecido dele: simplesmente nunca o conheceu. E, no entanto, este cientista salvou muitos milhões de vidas humanas, desde que suas pesquisas tornaram possível a conservação e a transfusão do plasma. Drew era diretor da Cruz Vermelha dos Estados Unidos. Em 1942, a Cruz Vermelha proibiu a transfusão de sangue de negros. Drew renunciou. Drew era negro.

O mundo como um prato

A amnésia não é o triste privilégio dos países pobres. Os países ricos também aprendem a ignorar. A história oficial não conta a eles, entre muitas outras coisas que não conta, a origem da sua riqueza. Essa riqueza, que não é inocente, provém em grande medida da pobreza alheia, e dela se alimenta mais e mais. Impunemente, sem que sua consciência doa nem a memória arda, a Europa pode confirmar, a cada dia, que a terra não é redonda. Razão tinham os antepassados: o mundo é um prato, e logo além dele se abre o abismo. No fundo desse abismo jazem a América Latina e todo o resto do Terceiro Mundo.

Erva seca, erva úmida

Um provérbio africano abre *Memória do fogo* e explica o título. Os escravos trouxeram para as Américas essas palavras que anunciam: "A erva seca incendiará a erva úmida". Os escravos também trouxeram lá da África a antiga certeza de que todos nós temos duas memórias. Uma, a memória individual, vulnerável ao tempo e à paixão, condenada, como nós, a morrer; e outra memória, a memória coletiva, destinada, como nós, a sobreviver.

De costas para a vida

Os donos do poder se refugiam no passado, achando que ele é quieto, achando que está morto, para negar o presente, que se move, que muda; e também para tramar o futuro. A história oficial nos convida a visitar um museu de múmias. Assim, não há perigo: podemos estudar os índios que morreram faz séculos e ao mesmo tempo podemos desprezar ou ignorar os índios que vivem agora.

Podemos admirar as ruínas portentosas dos templos da antiguidade, enquanto se assiste de braços cruzados ao envenenamento dos rios e ao arrasamento das florestas onde atualmente os índios têm sua morada.
    A conquista continua, em toda a América, de norte a sul, e contra os índios vivos continuam as expulsões, os saqueios e as matanças. E continua o desprezo: os meios modernos de comunicação, que difundem o desprezo, ensinam o autodesprezo dos vencidos: em plena época da televisão, as crianças índias brincam de caubóis, e é raro encontrar quem queira fazer o papel de índio.

Vozes do ontem e do amanhã

O passado mudo me aborrece. *Memória do fogo* gostaria de ajudar que se multipliquem as pedras redondas que vêm do passado, mas soam como se fossem de agora e falam aos tempos do porvir.
    E acontece que as antigas culturas índias são as mais futuras de todas. Afinal, elas foram capazes, milagrosamente capazes, de perpetuar a identidade do homem com a natureza, enquanto o mundo inteiro persiste em suicidar-se. Essas culturas, que a cultura dominante considera inculturas, se negam a violar a terra: não reduzem a terra a mercadoria, não a transformam em objeto de uso e abuso: a terra, sagrada, não é uma coisa, um treco.
    E também afinal de contas a comunidade, o modo comunitário de produção e de vida, é a voz que mais obstinadamente anuncia outra América possível. Essa voz soa desde os tempos mais remotos; e ainda soa. Faz cinco séculos que os donos do poder querem calar essa voz a ferro

e fogo; mas ainda soa. A comunidade é a mais americana das tradições, a mais antiga e obstinada tradição das Américas. Por mais que pese para os que dizem que o socialismo é uma ideia estrangeira, nossa raiz mais profunda vem da comunidade, da propriedade comunitária, do trabalho comunitário, da vida compartilhada, e tem a solidariedade como centro. A propriedade privada, por sua vez, com a vida e o trabalho centrados na cobiça e no egoísmo, foi um produto de importação, que os conquistadores europeus impuseram nas Américas a partir de 1492.

Uma festa da criação

O elitismo, o racismo, o machismo e o militarismo impedem que a América reconheça no espelho seu rosto múltiplo e luminoso. Estamos abobados, dedicados à nossa própria negação e trabalhando pela nossa própria perdição. Quero dizer a América Latina? Não, não apenas a América Latina: também a exitosa América do Norte, com toda sua suspeita prosperidade material mascarando as mutilações da alma.

Mas a América Latina é o tema principal de *Memória do fogo*. Nesta terra do mundo estão minhas alegrias mais altas e minhas tristezas mais profundas. Eu quis ajudá-la a desvendar. Sua verdadeira história, sua realidade verdadeira, é uma festa da criação.

As broncas e os amores

Memória do fogo é uma obra de broncas e de amores. Uma história subjetiva, escrita por alguém que não acredita na objetividade nem faz de conta que a pratica.

Enquanto escrevia, sentia que conversava com a América como se fosse uma pessoa, como se fosse uma mulher me contando seus segredos e dizendo de que atos de amor e de violação ela veio. E também sentia que eu conversava comigo mesmo. Tudo que tinha acontecido na América de alguma misteriosa maneira tinha *me* acontecido, mesmo que eu não soubesse, e os personagens da sua história eram gente que eu havia amado, ou havia odiado, mesmo que tivesse esquecido, ou achasse que tinha esquecido. Uma viagem do eu ao nós: dizendo a América, eu me dizia. Procurando a América, me encontrava.

O nascer incessante

O terceiro volume da trilogia se articula ao redor de Miguel Mármol: suas onze mortes e suas onze ressurreições. Este homem de nascer incessante é a mais certeira metáfora da América Latina.

A recuperação da palavra roubada é um desafio que nasce dessa fé. Sim, eu creio, mais que nunca eu creio que a memória coletiva está obstinadamente viva: mil vezes morta, mas mil vezes viva nos refúgios onde as feridas são lambidas.

1989

Cinco séculos de proibição do arco-íris no céu americano

O Descobrimento: no dia 12 de outubro de 1492, a América descobriu o capitalismo. Cristóvão Colombo, financiado pelos reis da Espanha e pelos banqueiros de Gênova, trouxe a novidade para as ilhas do mar do Caribe. Em seu diário do Descobrimento o almirante escreveu 139 vezes a palavra *ouro* e 51 vezes as palavras *Deus* ou *Nosso Senhor*. Ele não podia cansar os olhos de ver tantas lindezas naquelas praias, e no dia 27 de novembro profetizou: *Terá todo o cristianismo negócio nelas*. E nisso ele não se equivocou. Colombo achou que o Haiti era o Japão e que Cuba era a China, e acreditou que os habitantes da China e do Japão eram índios da Índia; mas nisso, não se enganou.

Após cinco séculos de negócios do cristianismo inteiro, um terço das florestas americanas foi aniquilado, está estéril muita terra que foi fértil e mais da metade da população come dia sim, dia não. Os índios, vítimas do mais gigantesco despojo da história universal, continuam sofrendo a usurpação dos últimos restos de suas terras, e continuam condenados à negação da sua identidade *diferente*. Continuam proibidos de viver ao seu modo e à sua maneira, e continuam tendo negado o direito de ser. No princípio, o saqueio e o *outrocídio* foram executados em nome de Deus e dos céus. Agora são cumpridos em nome do deus do Progresso.

E, no entanto, nessa identidade proibida e desprezada fulguram até hoje algumas chaves de outra América possível. A América, cega de racismo, não vê essas chaves.

No dia 12 de outubro de 1492 Cristóvão Colombo escreveu em seu diário que ele queria levar alguns índios para a Espanha, *para que aprendam a falar* ("que deprendan fablar"). Cinco séculos depois, no dia 12 de outubro de 1989, numa corte de justiça dos Estados Unidos, um índio mixteco foi considerado *retardado mental* ("mentally retarded") porque não falava corretamente o idioma castelhano. Ladislao Pastrana, mexicano de Oaxaca, trabalhador braçal ilegal nos campos da Califórnia, ia ser trancado pelo resto da vida num asilo público. Pastrana não se entendia com a intérprete espanhola, e o psicólogo diagnosticou *um claro déficit intelectual*. Finalmente os antropólogos esclareceram a situação: Pastrana se expressava perfeitamente em sua língua, a língua mixteca, que falam os índios herdeiros de uma alta cultura que tem mais de 2 mil anos de antiguidade.

O Paraguai fala guarani. Um único caso na história universal: a língua dos índios, língua dos vencidos, é o idioma nacional unânime. E, no entanto, a maioria dos paraguaios pensam, segundo as pesquisas, que aqueles que não entendem espanhol *são uns animais*.

De cada dois peruanos, um é índio, e a Constituição do Peru diz que o quéchua é um idioma tão oficial como o espanhol. A Constituição diz, mas a realidade não ouve. O Peru trata os índios como a África do Sul trata os negros. O espanhol é o único idioma ensinado nas escolas, e o único que é entendido por juízes e policiais e funcionários públicos. (O espanhol não é o único idioma da televisão, porque a televisão também fala inglês.)

Há cinco anos, os funcionários do Registro Civil, na cidade de Buenos Aires, se negaram a registrar o nascimento de um menino. Os pais, indígenas da província de Jujuy, queriam que seu filho se chamasse Qori Wamancha, um nome da sua língua. O Registro argentino não aceitou, *por ser um nome estrangeiro*.

Os índios das Américas vivem exilados em sua própria terra. A linguagem não é um sinal de identidade, mas uma marca de maldição. Não os diferencia: os delata. Quando um índio renuncia à sua língua, começa a se civilizar. Começa a se civilizar ou começa a se suicidar?

Quando eu era menino, nas escolas do Uruguai nos ensinavam que o país tinha se salvado do *problema indígena* graças aos generais que no século passado exterminaram os últimos charruas.

O problema indígena: os primeiros americanos, os verdadeiros descobridores da América, são *um problema*. E para que o problema deixe de ser um problema, é preciso que os índios deixem de ser índios. Apagá-los do mapa ou apagar suas almas, aniquilá-los ou assimilá-los: o genocídio ou o outrocídio.

Em dezembro de 1976 o ministro de Interior do Brasil anunciou, triunfal, que *o problema indígena ficará completamente resolvido* no final do século XX: todos os índios estarão, quando chegar essa hora, devidamente integrados na sociedade brasileira e já não serão índios. O ministro explicou que o organismo oficialmente destinado à sua proteção (FUNAI, Fundação Nacional do Índio) se encarregará de civilizá-los, ou seja: se encarregará de desaparecer com eles. As balas, a dinamite, as oferendas de comida envenenada, a contaminação dos rios, a devastação das florestas e a difusão de vírus e bactérias desconhecidas pelos índios acompanharam a invasão da Amazônia pelas empresas ansiosas por minérios e madeira e todo o resto. Mas a longa e feroz investida não bastou. A domesticação dos índios sobreviventes, que *os resgata da barbárie*, é também uma arma imprescindível para livrar de obstáculos o caminho da conquista.

Matar o índio e salvar o homem, aconselhava o piedoso coronel norte-americano Henry Pratt. E muitos anos depois o romancista peruano Mario Vargas Llosa explica que não existe outro remédio além de modernizar os índios, embora seja necessário sacrificar suas culturas, para *salvá-los* da fome e da miséria.

A *salvação* condena os índios a trabalhar de sol a sol em minas e plantações, a troco de diárias que não chegam a comprar uma lata de comida para cachorros. *Salvar* os índios também consiste em romper seus refúgios comunitários e atirá-los nos desvãos de mão de obra barata na violenta intempérie das cidades, onde mudam de língua e de nome e de roupa e acabam sendo mendigos e bêbados e putas de bordel. Ou *salvar* os índios consiste em pôr neles fardas e mandá-los, fuzil no ombro, matar outros índios, ou morrer defendendo um sistema que os nega. Como ficou claro, os índios são boa bucha de canhão: dos 25 mil índios norte-americanos mandados para a Segunda Guerra Mundial, morreram 10 mil.

Em 16 de dezembro de 1492 Colombo tinha anunciado em seu diário: os índios servem *para ser mandados e fazer com que trabalhem, semeiem e fazer tudo que for mister e que façam vilas e sejam ensinados a andar vestidos e os nossos costumes.* Sequestro dos braços, roubo da alma: para nomear essa operação, em toda a América se usa, desde os tempos coloniais, o verbo *reduzir*. O índio salvo é o índio *reduzido*. Se *reduz* até desaparecer: esvaziado de si, é um não índio, é um ninguém.

O xamã dos índios chamacocos, do Paraguai, canta para as estrelas, as aranhas e a louca Totila, que perambula pelas florestas e chora. E canta o que o martim-pescador contou para ele:
– *Não sofras fome, não sofras sede. Suba nas minhas asas e comeremos peixes do rio e beberemos o vento.*
E canta o que a neblina conta:
– *Venho cortar a geada, para que teu povo não sofra frio.*
E canta o que contam os cavalos do céu:
– *Ponha selas em nós e vamos à procura da chuva.*

Mas os missionários de uma seita evangélica obrigaram o xamã a deixar suas plumas e chocalhos e seus cânticos, *por serem coisas do Diabo*; e ele já não pode curar as picadas de víboras, nem trazer a chuva em tempos de seca, nem voar sobre a terra para cantar o que vê. Numa entrevista a Tício Escobar, o xamã diz: *Deixo de cantar e adoeço. Meus sonhos não sabem aonde ir e me atormentam. Estou velho, estou machucado. Afinal, de que me serve renegar o que é meu?*

É o que diz o xamã em 1986. Em 1614, o arcebispo de Lima tinha mandado queimar todas as quenas, essa flauta típica dos Andes, e os demais instrumentos da música dos índios, e tinha proibido todas as suas danças e cantos e cerimônias, *para que o demônio não possa continuar exercendo seus enganos.* E em 1625, o ouvidor da Real Audiência da

Guatemala tinha proibido as danças e cantos e cerimônias dos índios, sob pena de cem açoites, *porque nelas há pacto com os demônios.*

Para despojar os índios de sua liberdade e de seus bens, se despojam os índios de seus símbolos de identidade. São proibidos de cantar e dançar e sonhar com seus deuses, embora tenham sido por seus deuses cantados e dançados e sonhados no distante dia da Criação. Desde os freis e funcionários do reino colonial até os missioneiros das seitas norte-americanas que hoje proliferam na América Latina, se crucificam índios em nome de Cristo: para salvá-los do inferno é preciso evangelizar os pagãos idólatras. Usa-se o Deus dos cristãos como álibi para o saqueio.

O arcebispo Desmond Tutu se refere à África, mas também vale para a América:
– *Vieram. Eles tinham a Bíblia e nós tínhamos a terra. E nos disseram: "Fechem os olhos e rezem". E quando abrimos os olhos, eles tinham a terra e nós tínhamos a Bíblia.*

Os doutores do Estado moderno, por sua vez, preferem o álibi da ilustração: para salvá-los das trevas, é preciso civilizar os bárbaros ignorantes. Antes e agora, o racismo converte o despojo colonial num ato de justiça. O colonizado é um sub-homem, capaz de superstição, mas incapaz de religião, capaz de folclore mas incapaz de cultura: o sub-homem merece trato sub-humano, e seu escasso valor corresponde ao baixo preço dos frutos do seu trabalho. O racismo legitima a rapina colonial e neocolonial, tudo ao longo dos séculos e dos diversos níveis de suas humilhações sucessivas. A América

Latina trata seus índios como as grandes potências tratam a América Latina.

Gabriel René-Moreno foi o mais prestigioso historiador boliviano do século passado. Uma das universidades da Bolívia leva seu nome em nossos dias. Este prócer da cultura nacional acreditava que *os índios são asnos, que geram mulas quando se cruzam com a raça branca*. Ele havia pesado o cérebro indígena e o cérebro mestiço, que de acordo com a sua balança pesavam entre cinco, sete e dez onças a menos que o cérebro da raça branca, e portanto os considerava *celularmente incapazes de conceber a liberdade republicana*.

O peruano Ricardo Palma, contemporâneo e colega de Gabriel René-Moreno, escreveu que *os índios são uma raça abjeta e degenerada*. E o argentino Domingo Faustino Sarmiento elogiava assim a longa luta dos índios araucanos pela sua liberdade: *São mais indômitos, o que quer dizer: os animais mais relutantes, menos aptos para a Civilização e para a assimilação europeia*.

O mais feroz racismo da história latino-americana se encontra nas palavras dos intelectuais mais célebres e celebrados do final do século XIX e nos atos dos políticos liberais que fundaram o Estado moderno. Às vezes eles eram índios de origem, como Porfírio Díaz, autor da modernização capitalista do México, que proibiu os índios de caminhar pelas ruas principais e sentar nas praças públicas se não trocassem os calções de algodão pelas calças europeias e as sandálias achineladas por sapatos.

Eram os tempos da articulação ao mercado mundial regido pelo Império Britânico, e o desprezo *científico* pelos índios outorgava impunidade ao roubo de suas terras e de seus braços.

O mercado exigia café, por exemplo, e o café exigia mais terras e mais braços. Então, por exemplo, o presidente liberal da Guatemala, Justo Rufino Barrios, homem de progresso, restabelecia o trabalho forçado da época colonial e dava de presente aos seus amigos terras de índios e peões índios em quantidade.

O racismo se expressa com a mais cega ferocidade em países como a Guatemala, onde os índios continuam sendo obstinada maioria apesar das frequentes marés exterminadoras. Em nossos dias, não há mão de obra menos paga: os índios maias receberam 65 centavos de dólar para cortar um quintal – ou seja, uns 45 quilos – de café ou de algodão ou uma tonelada de cana. Os índios não podem plantar milho sem permissão militar e não podem se mover sem licença de trabalho. O exército organiza o recrutamento massivo de braços para as semeaduras e as colheitas de exportação. Nas plantações são usados pesticidas cinquenta vezes mais tóxicos que o máximo tolerável; o leite das mães é o mais contaminado do mundo ocidental. Rigoberta Menchú: seu irmão menor, Felipe, e sua melhor amiga, Maria, morreram na infância por causa dos pesticidas espalhados por aviões. Felipe morreu trabalhando no café. Maria, no algodão. A facão e bala o exército acabou depois com todo o resto da família de Rigoberta e com todos os demais membros da sua comunidade. Ela sobreviveu para contar.

Com alegre impunidade, se reconhece oficialmente que foram borradas do mapa 440 aldeias indígenas entre 1981 e 1984, ao longo de uma campanha de aniquilação mais extensa, que assassinou ou desapareceu com muitos milhares de homens e mulheres. A *limpeza* da serra, plano de terra arrasada, cobrou também as vidas de uma incontável quantidade de crianças. Os militares guatemaltecos têm a certeza de que o vício da rebelião é transmitido pelos genes.

Uma raça inferior, condenada ao vício e à vagabundagem, incapaz de ordem e de progresso, merece sorte melhor? A violência institucional, o terrorismo de Estado, se ocupa de despejar as dúvidas. Os conquistadores já não usam capacetes de ferro, mas uniformes da guerra do Vietnã.

E não têm pele branca: são mestiços envergonhados de seu sangue ou índios recrutados à força e obrigados a cometer crimes que os suicidam. A Guatemala despreza os índios, a Guatemala se autodespreza.

Essa raça inferior tinha descoberto o número zero mil anos antes de que os matemáticos europeus soubessem que existia. E havia conhecido a idade do universo, com assombrosa precisão, mil anos antes que os astrônomos do nosso tempo.

O que é um homem no caminho? Tempo.

Eles ignoram que tempo é dinheiro, como Henry Ford nos revelou. O tempo, fundador do espaço, para eles é sagrado, como sagrados são sua filha, a terra, e seu filho, o ser humano: como a terra, como a gente, o tempo não pode ser comprado nem vendido. A Civilização continua fazendo o possível para tirá-los desse erro.

Civilização? A história muda segundo a voz que conta. Na América, na Europa ou em qualquer lugar. O que para os romanos foi *a invasão dos bárbaros,* para os alemães foi *a emigração ao sul.*

Não é a voz dos índios a que contou, até agora, a história da América. Nas vésperas da conquista espanhola, um profeta maia que foi boca dos deuses havia anunciado: *Ao terminar a ambição, se desatará o rosto, se desatarão as mãos, se desatarão os pés do mundo.* E quando se desate a boca, o que ela dirá? O que dirá a *outra* voz, a nunca escutada?

Do ponto de vista dos vencedores, que até agora foi o ponto de vista único, os costumes dos índios confirmaram sempre sua possessão demoníaca ou sua inferioridade biológica. Assim foi, desde os primeiros tempos da vida colonial:

Os índios das ilhas do mar do Caribe se suicidam por se negarem ao trabalho escravo? Porque são uns folgados preguiçosos.

Andam nus, como se o corpo inteiro fosse a cara? Porque os selvagens não têm vergonha.

Ignoram o direito de propriedade e dividem tudo, e carecem do afã de riqueza? Porque são mais parentes do macaco que do homem.

Tomam banho com suspeitosa frequência? Porque se parecem aos hereges da seita de Maomé, que com justiça ardem nas fogueiras da Inquisição.

Jamais batem nas crianças e as deixam andarem livres? Porque são incapazes de castigo e de doutrina.

Acreditam nos sonhos e obedecem às suas vozes? Por influência de Satã ou por pura estupidez.

Comem quando têm fome, e não quando é hora de comer? Porque são incapazes de dominar seus instintos.

Amam quando sentem desejo? Porque o demônio os induz a repetir o pecado original.

A homossexualidade é livre? A virgindade não tem a menor importância? Porque vivem na antessala do inferno.

Em 1523 o cacique Nicarágua perguntou aos conquistadores:
– *E o rei de vocês, foi eleito por quem?*
O cacique tinha sido eleito pelos anciãos das comunidades. Teria sido o rei de Castela eleito pelos anciãos de suas comunidades?

A América de antes de Colombo era vasta e diversificada, e continha modos de democracia que a Europa não soube ver, e que o mundo ainda ignora. Reduzir a realidade indígena americana ao despotismo dos imperadores incas, ou às práticas sanguinárias da dinastia asteca, equivale a reduzir a realidade da Europa renascentista à tirania de seus monarcas ou às sinistras cerimônias da Inquisição.

Na tradição guarani, por exemplo, os caciques são eleitos em assembleias de homens e mulheres – e as assembleias os destituem se não cumprem o mandato coletivo. Na tradição iroquesa, homens e mulheres governam em pé de igualdade. Os chefes são homens; mas são as mulheres quem os põem ou depõem, e elas têm poder de decisão, a partir do Conselho das Matronas, sobre muitos assuntos fundamentais da confederação inteira. Lá por volta do ano de 1660, quando os homens iroqueses se lançaram a guerrear por sua conta, as mulheres fizeram greve de amores. E pouco tempo depois, os homens, obrigados a dormir sozinhos, se submeteram ao governo compartilhado.

Em 1919 o chefe militar do Panamá nas ilhas de San Blas anunciou seu triunfo:
– *As índias kunas* já não vestirão túnicas, e sim vestidos civilizados.
E anunciou que as índias nunca mais pintariam o nariz e sim as faces, como deve ser, e que nunca mais usariam seus aros de ouro no nariz, e sim nas orelhas. Como deve ser.

Setenta anos depois daquele canto de galo as índias kunas dos nossos dias continuam exibindo seus aros de ouro no nariz pintado, e continuam vestindo suas túnicas, feitas de muitos tecidos coloridos que se cruzam com uma sempre assombrosa capacidade de imaginação e de beleza: vestem suas túnicas em vida e com elas se afundam na terra quando a morte chega.

Em 1989, nas vésperas da invasão norte-americana, o general Manuel Noriega assegurou que o Panamá era um país que respeitava os direitos humanos:
– *Não somos uma tribo* – assegurou o general.

As *técnicas arcaicas*, em mãos das comunidades, tinham tornado férteis os desertos na cordilheira dos Andes. As *tecnologias modernas* em mãos do latifúndio privado de exportação estão convertendo em desertos as terras férteis dos Andes e de tudo que é lado.

Seria absurdo retroceder cinco séculos nas técnicas de produção; mas não menos absurdo é ignorar as catástrofes de um sistema que espreme os homens e arrasa as florestas e viola a terra e envenena os rios para arrancar o lucro maior num prazo menor. Não é absurdo sacrificar a natureza e as pessoas nos altares do mercado internacional? Pois nesse absurdo nós vivemos; e o aceitamos como se fosse nosso único destino possível.

As chamadas *culturas primitivas* ainda são perigosas porque não perderam o senso comum. Senso comum que é também, por extensão natural, senso comunitário. Se o ar pertence a todos, por que a terra haverá de ter dono? Se da terra viemos e à terra voltaremos, será que não nos mata qualquer crime cometido contra a terra? A terra é berço e sepultura, mãe e companheira. A ela é oferecido o primeiro gole e o primeiro bocado; a ela se dá descanso e proteção contra a erosão.

O sistema despreza o que ignora, porque ignora o que teme conhecer. O racismo é também uma máscara do medo.

O que sabemos das culturas indígenas? O que nos foi contado pelos filmes de caubói. E das culturas africanas, o que sabemos? O que nos contou o professor Tarzan, que nunca esteve lá.

Diz um poeta negro do interior da Bahia: *Primeiro, me roubaram da África. Depois, roubaram a África de mim.*

A memória da América foi mutilada pelo racismo. Continuamos agindo como se fôssemos filhos da Europa e de ninguém mais.

No final do século passado, um médico inglês, John Down, identificou a síndrome que hoje leva o seu nome. Ele acreditou que a alteração dos cromossomas produzia *um regresso às raças inferiores,* o que gerava *mongolian idiots, negroid idiots* e *aztec idiots.*

Simultaneamente um médico italiano, Cesare Lombroso, atribuiu ao *criminoso nato* os traços físicos dos negros e dos índios.

Naquela época, ganhou base científica a suspeita de que os índios e os negros têm a tendência, pela sua natureza, ao crime e à debilidade mental. Os índios e os negros, tradicionais instrumentos de trabalho, vêm sendo também desde então *objetos de ciência.*

Na mesma época, de Lombroso e Down, um médico brasileiro, Raimundo Nina Rodrigues, se pôs a estudar o problema negro. Nina Rodrigues, que era mulato, chegou à conclusão de que *a mistura de sangues perpetua os* caráteres das raças inferiores, e portanto *a raça negra no Brasil há de constituir sempre um dos fatores da nossa inferioridade como povo.* Este médico psiquiatra foi o primeiro pesquisador da cultura brasileira de origem africana. Estudou essa cultura como um caso clínico: as religiões negras, como patologia; e os transes das cerimônias, como manifestações de histeria.

Pouco depois um médico argentino, o socialista José Ingenieros, escreveu que *os negros, vergonhosa escória da raça humana, estão mais próximos dos macacos antropoides que dos brancos civilizados.* E para demonstrar sua irremediável inferioridade, Ingenieros comprovava: *Os negros não têm ideias religiosas.*

Na verdade, as *ideias religiosas* tinham atravessado o mar, junto com os escravos, nos navios negreiros. Uma prova de obstinação da dignidade humana: para as costas americanas chegaram somente os deuses do amor e da guerra. Já os deuses da fecundidade, que teriam multiplicado as colheitas e os escravos do amo, caíram n'água.

Os deuses briguentos e apaixonados que completaram a travessia precisaram se disfarçar. Precisaram se disfarçar de santos brancos, para sobreviver e ajudar a sobreviver os milhões de homens e mulheres arrancados violentamente da África e vendidos como se fossem coisas. Ogum, o deus do ferro, se fez passar por são Jorge ou santo Antônio ou são Miguel, e Xangô, com todos os seus tronos e todos os seus fogos, se converteu em santa Bárbara. Obatalá foi Jesus Cristo, e Oxum, a divindade das águas doces, virou a Virgem da Candelária...

Deuses proibidos. Nas colônias espanholas e portuguesas e em todas as outras: nas ilhas inglesas do Caribe, *depois* da abolição da escravidão, continuou sendo proibido tocar tambores ou soar sopros da maneira africana, e continuou sendo penalizada com cárcere a simples posse de uma imagem de qualquer deus africano.

Deuses proibidos, porque exaltam perigosamente as paixões humanas, e nelas encarnam. Friedrich Nietzsche disse uma vez:

– *Eu só poderia acreditar num deus que saiba dançar.*

Como José Ingenieros, Nietzsche não conhecia os deuses africanos. Se tivesse conhecido, talvez tivesse acreditado neles. E talvez tivesse mudado algumas de suas ideias. José Ingenieros, sabe-se lá.

A pele escura delata incorrigíveis defeitos de fabricação. Assim, a tremenda desigualdade social, que também é racial, encontra seu álibi nas taras hereditárias.

Humboldt havia observado isso faz duzentos anos, e em toda a América continua sendo assim: a pirâmide das classes sociais é escura na base e clara no cume. No Brasil, por exemplo, a democracia racial consiste em que os mais brancos estão acima e os mais negros, abaixo. James Baldwin, sobre os negros dos Estados Unidos:

– *Quando deixamos o Mississippi e viemos para o Norte, não encontramos a liberdade. Encontramos os piores lugares no mercado de trabalho; e neles continuamos até hoje.*

Um índio do Norte argentino, Asunción Ontiveros Yulquila, evoca hoje em dia o trauma que marcou a sua infância:

– *As pessoas boas e lindas eram as que se pareciam com Jesus e com a Virgem. Mas meu pai e minha mãe não se pareciam de jeito nenhum com as imagens de Jesus e da Virgem Maria que eu via na igreja de Abra Pampa.* A fisionomia própria é um erro da natureza. A cultura própria, uma prova de ignorância ou um mea-culpa a ser expiado. Civilizar é *corrigir*.

O fatalismo biológico, estigma das raças *inferiores* congenitamente condenadas à indolência e à violência e à miséria, não só nos impede de ver as causas reais da nossa desventura histórica. Além disso, o racismo nos impede de conhecer, ou reconhecer, certos valores fundamentais que as culturas desprezadas puderam milagrosamente perpetuar e que nelas ainda encarnam, de um modo ou de outro, apesar dos séculos de perseguição, humilhação e degradação. Esses valores fundamentais não são objetos de museu. São fatores de história, imprescindíveis para a nossa imprescindível invenção de uma América sem mandões nem mandados. Esses valores *acusam* o sistema que os nega.

Faz algum tempo, o sacerdote espanhol Ignacio Ellacuría me disse que para ele era absurda essa coisa de Descobrimento da América. O opressor é incapaz de descobrir, me disse ele:
– É o oprimido quem descobre o opressor.
Ele acreditava que o opressor não pode nem mesmo descobrir a si próprio. A verdadeira realidade do opressor só pode ser vista pelo oprimido.
Ignacio Ellacuría foi crivado de balas, por acreditar nessa imperdoável capacidade de revelação e por compartilhar os riscos da fé em seu poder de profecia.

Foi assassinado pelos militares de El Salvador, ou foi assassinado por um sistema que não pode tolerar o olhar que o delata?

1992

HOJE

Vendem-se pernas

Para Ángel Ruocco

Até o papa de Roma suspendeu suas viagens durante um mês. Durante um mês, enquanto dure a Copa do Mundo na Itália, estarei eu também fechado por motivo de futebol, da mesma forma que muitos outros milhões de simples mortais. Não tem nada de estranho. Como todos os uruguaios, quando menino quis ser jogador de futebol. Por minha absoluta falta de talento, não tive outro remédio que me fazer escritor. E oxalá pudesse eu, em algum impossível dia de glória, escrever com a coragem de Obdulio, a graça de Garrincha, a beleza de Pelé e as avançadas súbitas de Maradona.

Em meu país, o futebol é a única religião sem ateus; e me consta que também a professam, em segredo, escondidos, quando ninguém está vendo, os raros uruguaios que publicamente desprezam o futebol ou o acusam de tudo. A fúria dos fiscais mascara um amor inconfessável. O futebol tem a culpa, toda a culpa, e se o futebol não existisse os pobres com certeza fariam a revolução social e todos os analfabetos seriam doutores; mas no fundo da sua alma todo uruguaio que se preze acaba sucumbindo, mais cedo ou mais tarde, à irresistível tentação do ópio dos povos.

E, verdade seja dita: este formoso espetáculo, esta festa dos olhos, é também um negócio porco. Não há droga que mova fortunas tão imensas nos quatro pontos cardeais do mundo. Um bom jogador é uma mercadoria muito valiosa, que se cotiza e se compra e se vende e se empresta, segundo a lei do mercado e a vontade dos mercadores.

Lei do mercado, lei do êxito. Há cada vez menos espaço para a improvisação e a espontaneidade criadora. Importa, cada vez mais, o resultado, e cada vez menos a arte, e o placar é inimigo do risco e da aventura. Joga-se para ganhar, ou para não perder, e não para desfrutar da alegria e dar alegria. Ano após ano, o futebol vai se esfriando; e a água nas veias assegura a eficácia. A paixão de jogar por jogar, a liberdade de divertir e se divertir, a diabrura inútil e genial, vão se convertendo em temas de evocação nostálgica.

O futebol sul-americano, o que ainda mais comete esses pecados de lesa-eficiência, parece condenado pelas regras universais do cálculo econômico. Lei do mercado, lei do mais forte. Na organização desigual do mundo, o futebol sul-americano é uma indústria de exportação: produz para outros. Nossa região cumpre funções de servente do mercado internacional. *No futebol, como em todo o resto, nossos países perderam o direito de se desenvolver para dentro.* Basta ver as seleções da Argentina, Brasil e Uruguai neste mundial de 1990. Os jogadores se conhecem no avião. Somente um terço joga em seu próprio país; os dois terços restantes emigraram e pertencem, quase todos, a equipes europeias. O Sul não apenas vende braços, mas também pernas, pernas de ouro, aos grandes centros estrangeiros da sociedade de consumo; no final das contas, os bons jogadores são os únicos imigrantes que a Europa acolhe sem tormentos burocráticos nem fobias racistas.

Parece que muito em breve mudará a regulamentação internacional. Os clubes europeus poderiam, daqui a pouco, contratar quatro, talvez cinco, jogadores estrangeiros. Nesse caso, me pergunto o que será do futebol sul-americano. Não vão nos sobrar nem os massagistas.

Nestes tempos de tantas dúvidas, continuo acreditando que a terra é redonda de tanto que parece com a bola que gira, magicamente, na grama dos estádios. Mas também o futebol demonstra que esta terra não é lá tão redonda assim.

1990

Mea-culpa

Há um quarto de século eu quis viajar até os Estados Unidos pela primeira vez. Fui ao Consulado, pedi o visto. O formulário perguntava, entre outras coisas: *O senhor pretende assassinar o presidente dos Estados Unidos da América?* Eu era tão modesto que não pretendia assassinar nem mesmo o presidente do Uruguai; mas respondi: *sim.* Estava seguro de que a pergunta era uma piada, inspirada em meus mestres Ambrose Bierce e Mark Twain.

O Consulado negou o visto. Minha resposta era uma resposta ruim. Eu não havia entendido. E se passaram os anos e, verdade seja dita, continuo sem entender. Que os senhores me desculpem, por favor. Estou confundindo esta convenção de livreiros norte-americanos com um confessionário da minha infância católica. Mas diante de quem poderia se confessar melhor um escritor que diante de um livreiro? E para muitos pecados não se requerem muitos livreiros?

Para começar o dia, meu café da manhã são as notícias. Nos jornais leio, por exemplo, os frequentes escândalos que acossam os candidatos presidenciais. E confesso que não consigo entender por que os políticos norte-americanos são malvados quando se envolvem com belas mulheres inofensivas; e em compensação, são bons quando se envolvem com as grandes empresas que vendem armas ou veneno.

Ou leio sobre o envio de militares norte-americanos para lutar contra as plantações de drogas na América Latina. E não tem jeito, não me entra na cabeça por que são malvados os países que produzem drogas, e más as pessoas que consomem drogas, enquanto é bom o modo de vida que gera a necessidade de consumir drogas.

Nas páginas de economia, leio que os Estados Unidos importaram 35.292 sutiãs mexicanos durante 1991. Nem um sutiã a mais, porque 35.292 era a cota de sutiãs autorizada pelo governo. E então, não tem jeito: não entendo por que as barreiras protecionistas e os subsídios são bons nos Estados Unidos e são maus na América Latina.

Neblinas do Bem e do Mal. Na imprensa norte-americana vejo os anúncios que exortam a comprar produtos nacionais, *Buy american!*, e então tampouco entendo por que são maus os produtos japoneses que invadem o mercado norte-americano, e ao mesmo tempo são bons os produtos norte-americanos que invadem a América Latina.

E não apenas os produtos: imaginemos que os *marines* do México invadam Los Angeles para proteger os mexicanos ameaçados pelos recentes distúrbios. Bom ou mau?

E até me pergunto: e eu? Eu sou bom? Ou sou mau? As dúvidas sobre a minha identidade me atormentam: dúvidas que são muito de nós, escritores, sei bem disso. Para ninguém é um mistério que nós, escritores, temos a alma condenada ao inferno da angústia incessante: no centro desse fervedouro, novas dúvidas respondem a cada certeza, e novas perguntas respondem a cada pergunta. Mas minha angústia se multiplica neste fim de século, fim de milênio, porque eu também sei que os Estados Unidos andam à procura de novos maus para combater.

Saudades do Império do Mal: lá no Leste, os maus se converteram em bons, e o resto do mundo está sendo dramaticamente incapaz de produzir os maus que o mercado militar demanda com urgência. Eu ainda não entendo por que eram maus os soldados do Iraque quando se apoderavam do Kuwait e em troco eram bons os *marines* quando se apoderavam de Granada ou do Panamá; mas é preciso levar em consideração que Saddam Hussein, que foi bom até o final de 1990, vem sendo mau desde o começo de 1991. Evidentemente, só um mau não basta. Sempre é possível lançar mão dos maus de longa duração, como Muammar Gaddafi ou Fidel Castro; mas é preciso reconhecer que a oferta é pobre.

Confidencialmente confesso, e confesso com todas as letras, por mais difícil que seja para mim: sim, é verdade, sim: eu não sei dirigir automóveis, não tenho computador, nunca fui ao psicanalista, escrevo à mão, não gosto de televisão e jamais vi as Tartarugas Ninja.

E ainda mais: minha cabeça é calva e de esquerda. Em vão foram todos os meus esforços para que o cabelo brote em meu crânio nu, e para corrigir minha tendência a pensar canhotamente. Até poucos anos atrás, nas escolas amarravam a mão esquerda das crianças canhotas, para obrigá-las a escrever com a mão direita; e parece que isso dava bons resultados. Para obrigar os adultos a pensar à direita, as ditaduras militares usam terapias de sangue e fogo e as democracias usam a televisão. Eu tive que provar os dois remédios; e não adiantou nada.

Admito que tenho, por exemplo, uma incapacidade biológica para perceber as virtudes da liberdade do dinheiro.

No final do ano passado eu estava com minha mulher na metade de uma longa viagem, quando a Pan American faliu. Ela e eu ficamos literalmente no ar e sem avião. Tivemos que pedir dinheiro emprestado a alguns amigos, e então eu interpretei o episódio segundo minha limitada visão das coisas: eu achei que *a mão invisível* do mercado tinha roubado duas passagens.

Devo reconhecer que me enganei. Já não tenho nenhuma esperança de recuperar nenhum centavo; mas agora percebo que Deus me fez um favor. Astutamente, o Altíssimo utilizou esse sutil procedimento para me convencer de que não se pode andar pelo mundo sem cartão de crédito.

Eu não tinha. Confesso. Até agora a pouco, minha natural inclinação para o Mal me impedia dessa felicidade. Eu achava que cartão de crédito era uma armadilha a mais da sociedade de consumo. Achava que os habitantes das grandes cidades modernas padecem a escravidão das dívidas, tanto como os índios da Guatemala nas plantações de algodão ou de café. Agora correu o véu que cobria meus olhos, e vejo: ninguém é nada se não for digno de crédito. Agora, eu existo. Devo, logo existo.

Mas a dúvida, teimosa sombra, volta a assaltar. Minha cabeça deu para pensar que meu país também deve, e que quanto mais paga, mais deve. E quanto mais deve, menos o governo governa, e mais governam os credores. E no entanto os Estados Unidos, que devem muito mais que toda a América Latina junta, não aceitam condições, impõem condições. Será que é ruim dever pouco, e em compensação é bom dever muitíssimo?

Dúvidas, dúvidas. E tantas dúvidas sobre meu próprio trabalho! Eu me pergunto: ainda terá destino a literatura neste mundo onde todas as crianças de cinco anos são engenheiros eletrônicos? E gostaria de responder a mim mesmo: talvez o modo de vida do nosso tempo acabe não sendo demasiado bom para as pessoas, nem para a natureza; mas é sem dúvida muito bom para a indústria farmacêutica. Por que não poderia ser também muito bom para a indústria literária? Tudo depende do produto que seja oferecido, que haverá de ser tranquilizante como o valium e brilhante e *light* como um show da televisão: que ajude a não pensar com risco nem a sentir com loucura, que evite sonhos perigosos e que principalmente evite a tentação de viver esses sonhos.

Mas acontece que essa é exatamente a literatura que não sou capaz de escrever nem de ler. Condenado à impotência, não consigo escrever nem ler palavras neutras. E embora faça todo o possível, não consigo parar de crer que estes tempos de resignação, desprestígio da paixão humana e arrependimento do humano compromisso são nosso desafio, mas não são o nosso destino.

Muito obrigado. Desafoguei minha consciência amparado no segredo da confissão, e rogo que não esqueçam isso. Agora devo tramitar meu visto para entrar na Nova Ordem Mundial. Oxalá não me perguntem se pretendo matar o presidente.

Palavras pronunciadas na reunião anual dos livreiros dos Estados Unidos, American Booksellers Association, na cidade de Los Angeles, em 26 de maio de 1992.

A guerra das falácias

I. Perguntinhas do primeiro dia

A guerra, para quê?

Para provar que o direito de invasão é um privilégio das grandes potências, e que Hussein não pode fazer com o Kuwait o que Bush faz no Panamá?

Para que o exército soviético possa surrar impunemente lituanos e letões?

Para que Israel possa continuar fazendo com os palestinos o que Hitler fez com os judeus?

Para que os árabes financiem a carniçaria dos árabes?

Para que fique claro que não se toca no petróleo?

Ou para que continue sendo imprescindível que o mundo desperdice em armamentos 2 milhões de dólares por minuto, agora que a Guerra Fria acabou?

E se num dia desses, de tanto brincar de guerra, o mundo explodir? O mundo convertido em arsenal e quartel?

Quem vendeu o destino da humanidade a um punhado de loucos, ambiciosos e matadores?

Quem ficará vivo para dizer que esse crime deles foi um suicídio nosso?

II. Imagens do terceiro dia

A imagem mais vendedora: a guerra como espetáculo. A operação Tempestade do Deserto tem como estrelas o índice Dow Jones e a Cotação do Petróleo, acompanhadas por um amplo elenco de Fuinhas Selvagens, Vespas, Vampiros, mísseis, mísseis antimísseis, mísseis antiantimísseis e muitos extras aterrorizados debaixo de suas máscaras de marcianos.

A imagem mais modificada: Saddam Hussein. É o vilão. Antes, era o herói.
Desde a queda do Muro de Berlim, o Ocidente ficou sem inimigos. A economia de guerra em tempos de paz, que está na base da prosperidade dos prósperos, exige inimigos. Se ninguém ameaça, para que o mundo tem um soldado em cada quarenta habitantes, enquanto tem um só médico para cada mil? Hussein havia servido ao Mundo Livre contra o Hitler de Teerã. Não havia melhor cliente para a indústria de armamentos. Agora, ele é o Hitler de Bagdá. A televisão mostra seus olhos de louco fanático. O perigo do fundamentalismo iraquiano substituiu o perigo do fundamentalismo iraniano.
Hussein reza. Bush reza. O papa reza. Todos rezam, todos creem em Deus. E Deus, crê em quem?

A imagem mais pétrea: o presidente Bush explica a guerra. Evocando a passada gesta mundial contra Hitler, Bush fala em nome dos aliados. Os aliados vão libertar um pequeno país avassalado por um vizinho prepotente e ambicioso. O Panamá? Não; o pequeno país se chama Kuwait.

Mas acontece que a invasão do Kuwait não foi apenas um ato de indubitável irresponsabilidade e mortandade. Também foi um ato de estupidez: ao invadir, Hussein serviu, de bandeja, o álibi de que Bush precisava. E agora, todos contra um: 28 nações acompanham essa gloriosa operação destinada a salvar a hegemonia norte-americana no planeta.
Através da guerra, os Estados Unidos consolidam seu poder ameaçado. Ameaçado por dentro, pela recessão que assoma no país que tem a dívida externa mais alta do mundo. E ameaçado por fora, pela imparável competição do Japão e da Alemanha unida. Índice de alarme: uma produtividade três vezes menor que a do Japão e duas vezes menor que a da Europa.

A imagem mais reveladora: a reticência de Helmut Kohl, tão significativa como o quase silêncio dos japoneses. Os rivais dos Estados Unidos dependem do petróleo do Golfo Pérsico, que pertence aos Estados Unidos. Aos Estados Unidos e à Inglaterra, a colônia fiel à sua antiga colônia.

A imagem mais lamentável: soldados russos enviam de Moscou uma mensagem para Washington. São veteranos da invasão ao Afeganistão. E se oferecem para invadir o Iraque.
O Leste já não é o contrapeso do Oeste. Uma nova era: os Estados Unidos podem exercer impunemente sua função de policiais do mundo. E já se sabe que este país, que nunca foi invadido por ninguém, tem o velho costume de invadir os outros. Num par de séculos de vida independente, mais de duzentas agressões armadas contra outros países independentes.

A imagem mais eloquente: Pérez de Cuéllar, nas sombras, com o rosto entre as mãos. Nascidas para a paz, as Nações Unidas são agora um instrumento de guerra. O Conselho de Segurança deu sinal verde. A União Soviética achou que estava bem. A China não se opôs. Cuba e Iêmen votaram contra. O Iraque está sendo castigado porque se negou a cumprir uma resolução da ONU. Antes, os Estados Unidos tinham se negado a cumprir várias resoluções da ONU sobre a Nicarágua. Também Israel tinha se negado a cumprir várias resoluções da ONU sobre territórios que usurpa. E o mundo não declarou guerra a eles por causa disso.

A imagem mais sinistra: a do rei Fahd e do emir do Kuwait, os homens mais ricos do mundo, e os outros gângsteres do deserto, monarcas de ópera bufa que administram os países que o Império Britânico, em seus bons tempos, havia comprado ou inventado. As petrocracias encarnam a democracia nesta telenovela sangrenta. E na cerimônia do sacrifício, correm com os gastos. O petróleo dá para tudo.

A imagem mais eufórica: júbilo em Wall Street. A Bolsa de Valores de Nova York registra uma das maiores altas da história. Enquanto isso, cai o preço do petróleo. Ou seja: se restabelece a normalidade do mercado. Na zona de guerra jaz mais da metade das reservas de petróleo do mundo; mas o direito ao desperdício das potências consumidoras parece assegurado. Podem seguir queimando a energia do planeta. Um alarme falso havia causado profunda preocupação: não, a Europa não terá que reduzir seu consumo de petróleo em sete por cento. Os automóveis suspiram com alívio. Os televisores também. Esta guerra bateu todos os recordes de *rating*.

A imagem mais gelada: os tecnocratas da morte. Arte da guerra, o canibalismo como gastronomia: os generais explicam o bom andamento do plano de aniquilação. O que se vê são mapas sem habitantes, ou telas de videogame onde as cruzinhas brancas apontam o destino das bombas que caem feito chuva.

A imagem mais estimulante: as manifestações pacifistas. Rosas ou velas acesas nas mãos. A televisão as ignora; mas em algumas cidades são multidões que caminham e crescem. Acreditam que a guerra não é o nosso destino.

A imagem mais trágica: a não transmitida. A imagem ausente, censurada nestes primeiros dias: os mortos, os feridos, os mutilados. As vidas humanas. Esse detalhe.

A imagem mais angustiante: os dias que passam. 1991, único ano palíndromo do século XX, havia nascido prometendo boa sorte. Andou pouco e já está sendo encharcado pelo sangue e pelo lodo da guerra. Oxalá este ano jovenzinho possa mudar de signo. Oxalá deixem. Ele não quer ser um fodido.

1991

Dicionário da Nova Ordem Mundial
(Imprescindível na bolsa da dama
e no bolso do cavalheiro)

apartheid. Sistema original da África do Sul, destinado a evitar que os negros invadam o seu próprio país. A Nova Ordem aplica esse mesmo sistema, democraticamente, contra todos os pobres do mundo, seja qual for a sua cor.

bandeira. Contém tantas estrelas que já não sobra lugar para as barras. O Japão e a Alemanha estudam desenhos alternativos.

comércio, liberdade de. Droga estupefaciente proibida nos países ricos, e que os países ricos vendem aos países pobres.

consumo, sociedade de. Prodigioso recipiente cheio de nada. Invenção de alto valor científico, que permite suprimir as necessidades reais mediante a oportuna imposição de necessidades artificiais. No entanto, a Sociedade de Consumo gera certa resistência nas regiões mais atrasadas. (Declaração de dom Pampero Conde, nativo de Cardona, Uruguai: "Para que eu quero frio, se não tenho sobretudo?".)

custos, cálculo de. Estima-se em 40 milhões de dólares o custo mínimo de uma campanha eleitoral para a presidência dos Estados Unidos. Nos países do Sul, o custo de fabricação de um presidente acaba sendo consideravelmente mais reduzido, devido à ausência de impostos e ao baixo preço da mão de obra.

criação. Delito cada vez menos frequente.

cultura universal. Televisão.

desenvolvimento. Nas serras da Guatemala: "Não é necessário matar todos. Desde 1982, nós demos desenvolvimento a setenta por cento da população, enquanto matamos trinta por cento". (General Héctor Alejandro Gramajo, ex-ministro de Defesa da Guatemala, recentemente graduado no curso de Relações Internacionais da Universidade de Harvard. Publicado na *Harvard International Review*, edição de primavera de 1991.)

dívida externa. Compromisso que cada latino-americano assume ao nascer, pela módica soma de 2 mil dólares, para financiar o garrote com o qual será golpeado.

dinheiro, liberdade do. É como o rei Herodes solto numa festa infantil.

governo. No Sul, instituição especializada na difusão da pobreza, que periodicamente se reúne com seus pares para festejar os resultados de seus atos.
A última Conferência Regional sobre a Pobreza, que congregou no Equador os governos da América Latina, revelou que já se conseguiu condenar à pobreza 62,3 por cento da população latino-americana. A Conferência

celebrou a eficácia do novo Método Integrado de Medição da Pobreza (MIMP).

guerra. Castigo que se aplica aos países do Sul quando pretendem elevar os preços de seus produtos de exportação. A mais recente lição foi praticada exitosamente no Iraque. Para corrigir a cotização do petróleo, foi necessário produzir 150 mil danos colaterais, vulgarmente chamados de "vítimas humanas", no começo de 1991.

guerra fria. Já era. São necessários novos inimigos. Interessados favor dirigir-se ao Pentágono, Washington DC, ou à delegacia do seu bairro.

história. No dia 12 de outubro de 1992, a Nova Ordem Mundial cumprirá quinhentos anos.

ideologias, morte das. Expressão que comprova a definitiva extinção das ideias incômodas e das ideias em geral.

impunidade. Recompensa que se outorga ao terrorismo, quando é de Estado.

life, american way of. Modo de vida típico dos Estados Unidos, onde é pouco praticado.

mercado. Lugar onde se fixa o preço das pessoas e de outras mercadorias.

mundo. Lugar perigoso. "Apesar da desaparição da ameaça soviética, o mundo continua sendo um lugar perigoso." (George Bush, mensagem anual ao Congresso, 1991.)

mundo, mapa do. Um mar de duas margens. Ao Norte, poucos com muito. Ao Sul, muitos com pouco. O Leste, que conseguiu deixar de ser Leste, quer ser Norte, mas na entrada do Paraíso um cartaz avisa: *Lotado.*

natureza. Os arqueólogos localizaram certos vestígios.

ninjas, tartarugas. Bichinhos violentos que lutam contra o mal, ajudados por uma poção mágica que se chama, como o dólar, *green stuff.*

ordem. O mudo gasta seis vezes mais fundos públicos em pesquisas militares do que em pesquisa médica. (Organização Mundial da Saúde, dados de 1991.)

pobreza. Em 1729 Jonathan Swift escreveu sua *Modesta proposta para evitar que as crianças dos pobres se tornem um fardo para seus pais e para o país.* Nessa obra, o autor recomendou empapuçar as crianças pobres antes de comê-las. À luz do perigoso desenvolvimento do problema em nossos dias, os especialistas internacionais estudam colocar em prática esta interessante iniciativa.

poder. Relação do Norte com o Sul. Também se diz da atividade que no Sul exercem as pessoas do Sul que vivem e gastam e pensam como se fossem do Norte.
privatização. Transação mediante a qual o Estado argentino passa a ser propriedade do Estado espanhol.

riqueza. De acordo com os ricos, não produz felicidade. De acordo com os pobres, produz algo bastante parecido. Mas as estatísticas indicam que os ricos são ricos porque são poucos, e as forças armadas e a polícia se ocupam em esclarecer qualquer possível confusão a respeito.

televisão. Cultura universal. Ditadura da Imagem Única, que rege em todos os países. Agora o mundo inteiro tem a liberdade de ver as mesmas imagens e escutar as mesmas palavras. À diferença da extinta Ditadura do Partido Único, a Ditadura da Imagem Única trabalha pela felicidade do gênero humano e o desenvolvimento da sua inteligência.

trocas comerciais. Mecanismo que permite aos países pobres pagar quando compram e quando vendem também. Um computador custa, hoje em dia, três vezes mais café e quatro vezes mais cacau que há cinco anos. (Banco Mundial, dados de 1991.)

veneno. Substância que atualmente predomina no ar, na água, na terra e na alma.

1991

As fotografias de Sebastião Salgado
A luz é um segredo do lixo

1

Estas fotografias, estas figuras de trágica grandeza, foram talhadas em pedra ou madeira por um escultor desesperado? Esse escultor é o fotógrafo? Ou é Deus, ou o diabo, ou a terrestre realidade?

O certo é que é difícil olhar estas figuras impunemente. Eu não imagino que alguém possa sacudir os ombros, virar a cabeça e sair assoviando, cego e alheio, com um "tudo bem".

2

A fome parece o homem que a fome mata. O homem parece a árvore que o homem mata. As árvores têm braços, e as pessoas têm galhos. Corpos esquálidos, ressecados: árvores feitas de osso e pessoas feitas de nós e raízes que se retorcem ao sol. Nem as árvores nem as pessoas têm idade. Todos nasceram há milhares de anos, quem sabe quantos?, e estão de pé, inexplicavelmente de pé, debaixo do céu que os desampara.

3

O mundo está tão triste que até o arco-íris sai em branco e preto, e está tão feio que voam de costas os abutres que perseguem os moribundos. Alguém canta no México:

> Lá vai a vida
> pelo buraco
> como a imundície
> vai pelo ralo.

E alguém diz na Colômbia:
– *O custo de vida sobe e sobe e o valor da vida cai e cai.*
Mas a luz é um segredo do lixo, e as fotos de Salgado nos contam qual é esse segredo.

Quando a imagem emerge das águas do revelador e a luz se fixa em sombra para sempre, há um instante único que se solta do tempo e se transforma em sempre. Estas fotos sobreviverão aos seus protagonistas e ao seu autor, para dar testemunho da nua verdade do mundo e de seu escondido fulgor. A câmera de Salgado se move na violenta escuridão, buscando luz, caçando luz. A luz sai do céu ou sobe de nós? Nas fotos, esse instante de luz aprisionada, esse lampejo, nos revela o que não se vê, ou o que se vê mas não se nota: uma presença inadvertida, uma ausência poderosa. Ela nos avisa que a dor de viver e a tragédia de morrer escondem, lá dentro, uma poderosa magia, um luminoso mistério que redime a aventura humana no mundo.

4

A boca, ainda não morta, presa ao bico de uma jarra. A jarra, branca, fulgurante, é uma teta. O pescoço desse menino, desse homem, desse velho, jaz sobre a mão de alguém. O pescoço, ainda não morto mas já abandonado, não suporta o peso da cabeça.

5

As fotografias de Salgado oferecem um múltiplo retrato da dor humana. Ao mesmo tempo, nos convidam a celebrar a humana dignidade. São de uma franqueza brutal essas imagens da fome e da pena, e no entanto têm respeito e pudor. Nada a ver com o turismo da miséria: esses trabalhos não violam a alma humana, entram nela para revelá-la. Às vezes Salgado mostra esqueletos, quase cadáveres, e a dignidade é a única coisa que lhes resta. Foram despojados de tudo, mas têm dignidade. Aí está a fonte da sua inexplicável beleza. Não são macabros, obscenos exibicionismos da miséria. Aqui há a poesia do horror, porque há o sentido da honra.

Uma vez me contaram, na Andaluzia, que um pescador muito pobre andava oferecendo mariscos numa cesta. Esse pescador muito pobre se negou a vender seus mariscos a um senhorzinho que quis comprar todos. O senhorzinho ia pagar o que o pescador pedisse, mas o pescador se negou a vender seus mariscos para ele, pela simples razão de não ter gostado do senhorzinho. E simplesmente disse:
– *Na minha fome, mando eu.*

6

Há um cãozinho esticado sobre a tumba do seu amigo. Com a cabeça erguida, cuida do sono dele entre as velas acesas.
Há um automóvel entre as ruínas, e dentro dele há uma negra vestida de noiva olhando uma flor feita de trapo.
Há barcos impossíveis no meio do infinito deserto de areia.
Há túnicas ou bandeiras de areia batidas pelo vento.
Há cactos feito espadas da terra, braços armados da terra.
Nas fábricas, há tubulações que são intestinos ou víboras devoradoras.
E sobre a terra, vindos da terra, há pés camponeses: pés feitos de terra e de tempo.

7

Salgado fotografa pessoas. Os fotógrafos de passagem fotografam fantasmas.
Convertida em objeto de consumo, a miséria dá mórbido prazer e muito dinheiro. No mercado da opulência, a miséria é uma mercadoria bem cotizada.
Os fotógrafos da sociedade de consumo se aproximam, mas não entram. Em visitas fugazes aos cenários do desespero ou da violência, descem do avião ou do helicóptero, apertam o botão, o fogaréu do flash explode: eles fuzilam e fogem. Olharam sem ver e suas imagens não dizem nada. Diante dessas fotos pusilânimes, sujas de horror ou de sangue, os afortunados do mundo podem derramar alguma lágrima de crocodilo, alguma moeda, alguma palavra piedosa, sem que nada mude de lugar na ordem do

seu universo. Contemplando esses desgraçados de pele escura, esquecidos por Deus e mijados pelos cães, qualquer senhor ninguém se felicita intimamente: afinal de contas, a vida não me tratou tão mal, se a gente for comparar. O Inferno serve para confirmar as virtudes do Paraíso.
    A caridade vertical humilha. A solidariedade horizontal ajuda. Salgado fotografa de dentro, solidariamente. Para fotografar a fome no deserto do Sahel, ficou durante quinze meses trabalhando lá. Para reunir um punhado de fotos sobre a América Latina, viajou sete anos.

8

Corpos de barro dos mineiros de Serra Pelada. Ao norte do Brasil, meio milhão de homens buscam ouro afundados no barro. Carregados de barro sobem a montanha, e às vezes escorregam e caem, e cada vida que cai não tem mais importância que uma pedrinha que cai. Uma multidão de mineiros subindo. Imagens da construção das pirâmides, na época dos faraós? Um exército de formigas? Formigas, lagartos? Os mineiros têm pele de lagarto e olhos de lagarto. Os mortos de fome habitam o zoológico do mundo?
    A câmera de Salgado se aproxima e revela a luz da vida humana com trágica intensidade ou triste doçura. Uma mão se aproxima, vinda de nenhuma parte, e se oferece, aberta, ao mineiro que sobe a encosta esmagado pela carga. Essa mão se parece à mão que toca o primeiro homem, e tocando funda esse homem, no célebre afresco de Michelângelo. O mineiro, que viaja para o alto da Serra Pelada ou do Gólgota, se apoia numa cruz e descansa.

9

É uma arte despojada. Uma linguagem despida fala aos despidos da terra. Nada sobra nessas imagens, milagrosamente a salvo da retórica, da demagogia, da truculência. Salgado não faz concessões, embora para ele resultasse fácil e seria, sem dúvida, comercialmente rentável. A mais funda tristeza do universo se expressa sem consolos nem doçuras. Salgado é como seu nome: nada doce. O pitoresco, que Salgado evita cuidadosamente, aliviaria a violência de seus golpes e contribuiria para confirmar que o Terceiro Mundo, no final das contas, é "outro" mundo: um mundo perigoso, ameaçador, mas também simpático, feito um circo de animaizinhos esquisitos.

10

A realidade fala uma linguagem de símbolos. Cada parte é uma metáfora do todo. Nas fotos de Salgado, os símbolos se manifestam *de dentro para fora*. O artista não extrai os símbolos de sua própria cabeça para oferecê-los generosamente de presente para a realidade e obrigá-la a usá-los. Há um instante em que a realidade escolhe, para se dizer com perfeição: o olho da câmera de Salgado despe a realidade, arranca a realidade do tempo e a transforma em imagem, e a imagem se faz símbolo, símbolo do nosso tempo e do nosso mundo. Essas caras que gritam sem abrir a boca já não são "outras" caras. Já não: deixaram de ser confortavelmente estranhas e distantes, inofensivas desculpas para que a esmola alivie as más consciências. Todos somos esses seres humanos há séculos ou milênios que no entanto estão desafiadoramente vivos: vivos a partir de seu mais profundo e doloroso resplendor, e não porque simulem estar vivos enquanto posam para uma foto.

Estas imagens, que parecem arrancadas das páginas do Antigo Testamento, são, na verdade, retratos da condição humana no século XX, símbolos de nosso mundo único, que não é o Primeiro Mundo, nem o Terceiro Mundo, nem o Vigésimo Mundo. De seu poderoso silêncio, estas imagens, estes retratos, questionam as hipócritas fronteiras que põem a salvo a ordem burguesa e custodiam seu direito ao poder e à herança.

11

Olhos de um menino que vê a morte e não quer olhar para ela e não consegue se soltar. Olhos cravados na morte, presos pela morte: a morte que veio levar esses olhos e esse menino. Crônica de um crime.

12

Levo cinco minutos diante da página em branco, buscando palavras. Nesses cinco minutos o mundo gastou 10 milhões de dólares em armamentos e 160 crianças morreram de fome ou de doença curável. Ou seja: nesses cinco minutos das minhas dúvidas, o mundo gastou 10 milhões de dólares em armamentos *para que* 160 crianças pudessem ser assassinadas com total impunidade na mais guerra das guerras, a mais silenciosa, a não declarada, que é chamada de paz.

    Corpos de campo de concentração. São os Auschwitz da fome. Um sistema de purificação da espécie humana?

Contra as *raças inferiores*, que se reproduzem feito coelhos, usa-se a fome no lugar dos fornos de gás. E, de passagem, a população é regularizada. A bomba atômica inaugurou, em Hiroshima e Nagasaki, a época da paz do medo. Na falta de guerras mundiais, a fome combate a explosão demográfica. Enquanto isso, novas bombas vigiam os famintos. Cada pessoa só pode morrer uma vez, pelo que se sabe, mas as bombas nucleares armazenadas permitiram matar cada ser humano doze vezes.

Este mundo enfermo da peste da morte, que mata os famintos em vez de matar a fome, produz alimentos que seriam suficientes, e de sobra, para dar de comer à humanidade inteira. Mas uns morrem de fome e outros morrem de indigestão. Para garantir a usurpação do pão, há no mundo 25 vezes mais soldados do que médicos. Desde 1980 os países pobres aumentaram seus gastos militares e reduziram pela metade seus gastos em saúde pública.

Um economista africano, Davison Budhoo, renuncia ao Fundo Monetário Internacional. Em sua carta de adeus ao diretor, diz: "O sangue é demasiado, o senhor sabe. Corre como rios. E me sujou completamente. Às vezes sinto que não há suficiente sabão no mundo para lavar de mim as coisas que fiz em seu nome".

13

Casas como couros vazios de bestas mortas. Os cobertores são sudários e os sudários são cascas secas envolvendo frutos inúteis ou seres raquíticos. Gente carregando fardos, fardos carregando gente. Carregadores que caminham a duras penas pelas montanhas, sobrecarregados por troncos grandes como sarcófagos, que levam nas costas e formam parte das suas costas. Mas eles caminham sobre as nuvens.

14

O Terceiro Mundo, o "outro" mundo, só é digno de desprezo ou pena. Por questões de bom gosto, é pouco mencionado. Se a aids não tivesse saído da África, a nova peste humana teria passado despercebida. Pouco teria importado que a aids houvesse matado milhares ou milhões de africanos. Isso não é notícia. No chamado Terceiro Mundo, morrer de peste é "natural".

Se Salman Rushdie tivesse ficado na Índia, e se tivesse escrito seus romances em língua hindi, tâmil ou bengalês, sua condenação à morte não teria chamado a atenção de ninguém. Nos países latino-americanos, por exemplo, vários escritores foram condenados à morte, e foram executados, pelas ditaduras militares recentes. Os países europeus retiraram seus embaixadores do Irã para expressar sua indignação e seu protesto pela condenação de Rushdie; mas quando os escritores latino-americanos foram condenados e executados, os países europeus não retiraram seus embaixadores. E não os retiraram porque seus embaixadores estavam ocupados vendendo armas aos assassinos. No chamado Terceiro Mundo, morrer de bala é "natural". Do ponto de vista dos grandes meios de comunicação que incomunicam à humanidade, o Terceiro Mundo está habitado por pessoas de terceira classe, que só se diferenciam dos animais porque caminham sobre as pernas. Seus problemas pertencem à natureza, não à história: a fome, a peste, a violência integram a ordem natural das coisas.

15

Uma via-crúcis de estátuas de pedra. Uma via-crúcis de gente de carne e osso. Este menino esquálido, que vaga pelas colinas do deserto, tem a doçura de Jesus? A dolorida beleza de Jesus? Ou é Jesus, caminhando rumo ao lugar onde nasceu?

16

A fome mente: simula ser mistério indecifrável ou vingança dos deuses. A fome está com máscara, a realidade está com máscara.

    Antes de descobrir que era fotógrafo, Salgado foi economista. Como economista chegou ao deserto de Sahel. E lá tentou, pela primeira vez, usar o olho da câmera para atravessar as peles que a realidade usa para se ocultar.

    A ciência da economia já havia ensinado muito a ele em matéria de máscaras. Na economia, o que parece nunca é o que é. A boa sorte dos números tem pouco ou nada a ver com a felicidade das pessoas. Suponhamos que exista um país de dois habitantes. A renda per capita desse país, vamos supor, é de 4 mil dólares. Este país não estaria, à primeira vista, nada mal. Mas acontece que na verdade um dos dois habitantes recebe 8 mil dólares, e o outro, nada. E esse outro bem que poderia perguntar aos entendidos nas ciências ocultas da Economia: "Onde posso cobrar minha renda per capita? Em que caixa me pagam?".

    Salgado é brasileiro. Quantos são desenvolvidos pelo desenvolvimento do Brasil? As estatísticas registraram índices espetaculares de crescimento econômico nessas últimas três décadas, e principalmente nos longos anos da ditadura militar. Mas em 1960, um de cada três brasileiros estava desnutrido. Agora, estão desnutridos dois de cada três. Há 17 milhões de crianças abandonadas. De cada dez crianças que morrem, sete são mortas pela fome. O Brasil é o quarto exportador de alimentos, o quinto país do mundo em superfície e o sexto em fome.

17

Caravanas de peregrinos perambulam pelo deserto africano, moribundos, buscando em vão alguma planta ou bicho que se possa comer. Homens ou múmias que se movem? Estátuas de pedra andarilhas, mutiladas pelo vento, em agonia ou sonho, talvez vivas, talvez mortas, talvez mortas e vivas ao mesmo tempo?

Um homem carrega nos braços o seu filho, ou os ossos que foram seu filho, e esse homem é uma árvore tesa e alta, cravada na solidão. Cravada na solidão, uma árvore assombrosa acaricia o ar movendo seus longos galhos, e a ramagem é uma cabeça que se inclina sobre um ombro ou sobre um peito. Um menino moribundo consegue mover a mão num último gesto, gesto de carícia, e acariciando morre. Essa mulher que caminha ou se arrasta contra o vento é um pássaro de asas quebradas? Esse espantalho de braços abertos na solidão é uma mulher?

1989

Este texto é dedicado a
Helena Villagra, que viu comigo.

Os cursos da Faculdade de Impunidades

Este centro universitário, coisa rara, não é privilégio de poucos. A Faculdade de Impunidades abarca a realidade inteira, e a ela comparecem todos os jovens latino-americanos, ricos e pobres, ilustrados e analfabetos. A realidade dita os cursos práticos. Da teoria, se encarrega a televisão.

Como desprestigiar a democracia

A eficácia pedagógica está fora de dúvida. As aulas que ensinam a impunidade dos políticos, por exemplo, estão conseguindo, aceleradamente, a despolitização massiva da garotada. Se a semeadura do desalento continuar nesse ritmo, em breve se conseguirá que ninguém acredite em ninguém. O caso mais instrutivo nessa matéria é o de Carlos Menem, que chegou à presidência da Argentina com 46 por cento dos votos. No dia seguinte, Menem adotou o programa de Álvaro Alsogaray, que tinha obtido seis por cento, e a partir de então Menem está fazendo todo o contrário do que havia prometido. Esta usurpação da vontade coletiva está contribuindo em grande medida para o desprestígio da democracia, num país onde ela nunca foi muito frequente e numa sociedade sufocada pelo peso tradicional do exército e da Igreja.

A Faculdade de Impunidades instrui na falta de escrúpulos e educa na irresponsabilidade moral. Em ocasiões, as estatísticas ilustram seus cursos. Os numerozinhos acompanham, por exemplo, a matéria que se ocupa das relações entre a economia e a política nas democracias recém-nascidas, ou renascidas, em toda a América Latina. A economia é cada vez mais antidemocrática, enquanto as pessoas passam do entusiasmo à desesperança e mais de um frustrado identifica a democracia com a fraude. Os governos civis estão continuando e multiplicando, impunemente, a política econômica neoliberal, mercado livre, dinheiro livre, que as ditaduras militares tinham imposto. Os resultados estão à vista. Nunca havia sido tão evidente a contradição entre a democracia política e a ditadura social. E à vista estão os últimos dados das Nações Unidas sobre a década de 80: segundo a CEPAL, organismo técnico regional, quatro de cada dez latino-americanos "vivem em estado de miséria absoluta". Eles não têm o destino escrito nos astros: têm o destino escrito no sistema de poder.

A armadilha da fome e a armadilha do consumo operam com impunidade, e assim vai se abrindo a brecha que separa quem é pego pela armadilha e quem arma a armadilha: cada vez há mais distância entre a imensa maioria que necessita muito mais do que consome e a mínima minoria que consome muito mais do que necessita.

Como desprestigiar o Estado

Outra matéria da Faculdade de Impunidades trata dos políticos e do Estado. Os mesmos políticos que impunemente espremeram o Estado até a última gota descobriram agora que o Estado é inútil e merece ser jogado no lixo. Ao longo de muitos anos eles converteram os direitos dos cidadãos em favores do poder, puseram o público a serviço do serviço público e fizeram do Estado um labirinto cheio de parasitas que perambulam rumo a lugar nenhum. Certamente Franz Kafka teria mudado de assunto se tivesse conhecido a burocracia latino-americana nestes países nossos onde de dia falta água e de noite falta luz, os telefones não funcionam, as cartas não chegam e os processos judiciais têm filhos.

E agora os políticos tradicionais que fizeram o enfermo nos vendem o hospital: devolvidos ao governo após o ocaso das ditaduras militares, eles entoam salmos à glória do dinheiro livre e sacrificam, nos altares do mercado, as empresas públicas.

Impunidade dos donos do mundo. Faça-se a vontade dos países ricos, embora os países sejam ricos precisamente porque predicam a liberdade econômica mas não a praticam. Nossa boa conduta é medida pela pontualidade nos pagamentos e pela capacidade de obediência. Os credores batem na mesa e nossos governos civis baixam humilhados a cabeça e juram que vão privatizar tudo. Os numerozinhos provam que na América Latina a liberdade do dinheiro favorece a sua evasão, não seu investimento, e que assim a especulação ri da produção e a economia se converte numa roleta; mas os clarins anunciam o capital privado como se fosse um resgate do Quinto Regimento de Cavalaria.

Nossos governos querem privatizar tudo, sim, e começam pondo a bandeira de leilão nos setores-chave da soberania nacional: as comunicações, a energia, o transporte. Privatizar tudo, e se for possível também os hospitais e as escolas e os cemitérios e os cárceres e os zoológicos. Tudo, menos as forças armadas, que por acaso são as que levam a parte do leão dos salários e dos gastos de cada orçamento público. No novo Estado, Estado de Segurança Nacional, a burocracia militar é sagrada. E se não for assim, quem vai tomar conta do "custo social" dos "programas de ajuste"? A impunidade do dinheiro, que em nossas terras mata de fome ou bala, exige que o Estado benfeitor abra caminho para o Estado juiz e policial: juiz vulnerável ao suborno e à ameaça, implacável policial vigilante dos pobres.

Como desprestigiar a justiça

A impunidade militar é o mais intensivo dos cursos da Faculdade de Impunidades. O acelerado desprestígio do poder civil, em toda a América Latina, dá a medida dos seus êxitos.

Este curso está centrado na aceitação da lei do mais forte como lei natural. Caluniando a selva, a cultura urbana chama de "lei da selva" a lei que rege nossa civilizada vida. Na vertigem da competição, na luta pelo dinheiro e pelo poder, a economia de mercado e a ordem imperial confirmam, a cada dia, a moral militar: a humilhação é o destino que os fracos merecem: os países fracos, as empresas fracas, os governos fracos, as pessoas fracas.

As ditaduras militares, que em anos recentes nos sujaram de lodo e medo, deixaram para a democracia uma hipoteca dupla. Os governos civis aceitaram, sem chiar, essa herança maldita: o pagamento de suas dívidas e o esquecimento de seus crimes. Agora todos nós trabalhamos para pagar os juros e vivemos em estado de amnésia.

As dívidas militares, que os governos civis socializaram, serviram para financiar obras de desenvolvimento? A usina nuclear de Angra dos Reis, no Brasil, é um bom exemplo: custou vários bilhões de dólares, nem se sabe quantos, e não dá mais luz que um vagalume. E a absolvição do terrorismo militar e paramilitar, que os governos civis decidiram, serviu para consolidar a democracia? Ou serviu para legalizar a prepotência, para estimular a violência e para identificar a justiça com a vingança ou com a loucura? Somos todos iguais perante a lei, diz a Constituição; mas as nossas Constituições, obras de ficção de tendência surrealista e estilo medíocre, ignoram que neste mundo a justiça é, como a democracia e o bem-estar, um privilégio dos países ricos.

A dívida militar, traduzida numa sufocante dívida externa, não é o preço do desenvolvimento. A dívida militar é o preço do terror; e a impunidade nos impede de saber disso, porque nos proíbe recordar isso. Nossos professores nessa matéria superaram Freud. Para passar nos exames, é preciso repetir esta lição: a desmemória é indício de boa saúde.

Como desprestigiar a vida humana

Nesse passo, a América Latina está a caminho de se converter num vasto criadouro de Frankensteins; e a Colômbia nos oferece um exemplo de alarmante fecundidade.

Faz anos que, na Colômbia, o poder ensina que o crime paga. À sombra do poder, e por ele alimentados, cresceram os bandos paramilitares que chovem morte sobre o país. A imprensa internacional atribui toda a culpa aos narcotraficantes e aos guerrilheiros; mas a violência é mais filha da Doutrina de Segurança Nacional, que instrumenta os exércitos para matar compatriotas. Seja como for, o dinheiro dos manhosos da cocaína não era considerado sujo enquanto servia para varrer os vermelhos do mapa; e das 75 matanças que ocorreram em 1988, carnificinas que banharam a Colômbia em sangue, apenas cinco foram obra direta dos narcotraficantes. Com o pretexto dos grupos de autodefesa contra os sequestros da guerrilha, os Esquadrões da Morte nasceram, cresceram e se multiplicaram, impunemente, ao longo de muito tempo. Impunemente, o exército participou; impunemente, o governo tolerou. Em 1983 o Procurador Geral da Nação acusou 59 militares e policiais, integrantes de um bando responsável por mais de cem assassinatos e desaparecimentos. A justiça militar se encarregou do assunto: nunca mais se soube nada. Em 1988 os assassinatos de políticos, sindicalistas e intelectuais de esquerda somaram vinte vezes mais vítimas que os enfrentamentos entre a guerrilha e o exército. Naquele ano, os operários da indústria do cimento fizeram uma greve, e não foi por salários: exigiam que o governo permitisse que eles se armassem. Doze de seus dirigentes tinham sido assassinados. Diante das denúncias da Anistia Internacional, o Ministério da Defesa respondeu com uma lista de torturadores militares que tinham sofrido sanções. O Ministério não mencionava a sanção, que consistia em 48 horas de detenção.

    Hoje, a Colômbia está pior do que a Chicago dos anos de Al Capone e da lei seca. Três candidatos à presidência caíram crivados de bala em oito meses. Um garoto precoce formado pela Faculdade de Impunidades, um menino de quinze anos saído dos subúrbios de Medellín, assassinou o chefe da Esquerda Unida, Bernardo Jaramillo, a troco de 650 dólares. Normalmente, cobra-se muito menos. Como na canção mexicana, a vida não vale nada. As pessoas morrem de *chumbonomia*, e nas ciências sociais surgiram novos especialistas, os *violentólogos*, que tentam decifrar o que acontece. Alguns se limitam a confirmar uma antiga certeza do sistema: além de serem burros e folgazões, os pobres são violentos, se nasceram na Colômbia. Outros, por sua vez, se negam a acreditar que os colombianos carreguem a marca da violência na testa. Não é assunto genético: esta violência é filha do medo, esta tragédia é filha da impunidade.

Como desprestigiar a soberania nacional

Como todas as nossas forças armadas, os militares colombianos obedecem a uma potência estrangeira, através da Junta Interamericana de Defesa; e esse dever de obediência está acima da jurada lealdade à sua própria nação. A potência estrangeira dominante os adestra nas artes da impunidade, transmitindo a eles um *know-how* de altíssimo nível e comprovada experiência.

O penúltimo espetáculo público nessa matéria, a invasão do Panamá, teve um êxito clamoroso. Esta operação, destinada a capturar um agente da CIA que tinha sido infiel à empresa, custou 4 mil mortos e 7 bilhões de dólares em danos, mas quase todas as vítimas eram pobres e pobres eram os bairros arrasados, de tal maneira que o mundo inteiro não teve maiores dificuldades em sacudir os ombros e deixar pra lá. Com a mais absoluta impunidade, os Estados Unidos impuseram um novo administrador do canal do Panamá, para evitar que os tratados sejam cumpridos, e um novo presidente do país. O novo presidente, o gordíssimo Endara, se dedica a fazer greves de fome protestando porque Roma não paga traidores, enquanto o Panamá sofre impunemente a cotidiana humilhação da ocupação estrangeira.

* * *

Da sua matriz, e através de muitas sucursais, a Faculdade de Impunidades nos induz a não gostarmos de nós e a não acreditarmos em nós. Seus professores nos convidam a esquecer o passado para que não sejamos capazes de recordar o futuro. E assim, a cada dia eles nos ensinam a resignação. A cada dia aprendemos a nos resignarmos para poder sobreviver. Mas há pouco tempo, numa parede de um bairro da cidade de Lima, um aluno rebelde escreveu: "*Não queremos sobreviver. Queremos viver*". Ele falava por muitos.

1990

O direito à alegria

De tanto ficar tristes, somos tristes? Estamos fodidos. Mas somos uns fodidos? A queda é um destino? Ou é um desafio?

Quando perdemos o plebiscito nacional contra a impunidade do terrorismo de Estado, e a maioria dos uruguaios aceitou a ordem de amnésia, eu escrevi que esse país, o país cinza, o que havia ganhado, tinha um país verde na barriga. E agora continuo acreditando nisso. Acontece, simplesmente, que é preciso pressa: se nós não ajudamos o país verde a nascer, ele vai morrer por desesperança, ou seja: pelo cansaço de esperar.

A realidade nacional acaba não sendo, digamos, muito estimulante. As coisas vão de mal a pior. A maioria das pessoas dedica seus dias a enganar a fome, e suas noites a mascarar a depressão. Há tremendos poços na economia familiar, e o salário não dá nem para tapar o buraco de um dente. Atrás de uma banca de jornais da rua Convención, uma mão jovem escreve: *"Yanquis, go home! (E me levem junto)"*. Os técnicos do governo propõem a exportação de uruguaios permanentemente, como se fosse uma fórmula nova, mas faz tempo que o Uruguai vende seus jovens para o exterior. Quem não vai querer ir. Vão-se embora de nós até os que ficam aqui.

Um artigo de primeira necessidade

Falar da alegria no meio de toda esta malária, com tanta gente na chaga ou no nada, não soa como traição ou estupidez?

E, no entanto, e justamente por isso, hoje mais do que nunca a alegria é um artigo de primeira necessidade, tão urgente como a água ou o ar. Ninguém vai nos dar de presente esse direito de todos. É preciso lutar por ele: contra o próprio medo, o medo de romper o costume da pena, e contra os administradores da tristeza nacional, que tiram da alegria o suco e vendem as lágrimas.

Lutar, digo, e não *pelas* pessoas, mas *com* elas, *a partir* delas. E sobretudo com e a partir das pessoas jovens, que não têm mais remédio que ir embora ou sonhar com ir embora, mas que não nasceram em vasos de planta e que também sentem o lindo puxão de sua raiz profunda. Nossos jovens não só estão desesperados pela falta de pão e de emprego: também estão fartos de um país que os obriga a ser velhos, um país que está de volta sem ter ido e que chora saudades de um suspeito passado que os jovens não conheceram, e quem sabe se de verdade existiu.

Faz um ano, ou pouco menos, os rapazes explodiram de alegria e por uma noite tomaram conta de Montevidéu. Eu nunca tinha visto tanta alegria junta na minha cidade. Os donos daquela festa não tinham idade para votar, ou tinham votado pela primeira vez, e dançando entre bandeiras e tambores estavam celebrando a vitória da Frente Ampla na capital. Isso era como o nascimento de outro país.

O dragão da burocracia

Desde então, Tabaré Vázquez fez o possível e o impossível para estar à altura. A nova prefeitura de Montevidéu não quer decepcionar aquela necessidade de alegria que a rapaziada expressou aos gritos. Mas as mudanças a gente ainda não vê, ou vê poucas. Convidados para ser protagonistas, os rapazes e as moças continuam se sentindo espectadores da luta solitária de Tabaré contra o dragão da burocracia, que tem milhares de cabeças dedicadas a devorar procedimentos.

Durante anos e anos esse dragão foi alimentado pelos politiqueiros que agora põem paus na roda da descentralização. Tabaré tinha anunciado que os habitantes se governariam a si mesmos, e isso é o que ele quer, e está nessa; mas o poder burocrático que os do Partido Branco e também do Partido Colorado foram transmitindo entre eles por herança torna impossível a vida de Tabaré. Embora seja em nível local, sua vontade democrática constitui uma ameaça de morte contra os poucos donos de um Estado que diz ser de todos e pertence a poucos.

Descentralização, participação: avança-se pouco e aos tropeços. Não existe uma pressão popular organizada, ou se existe não se nota muito; e a Frente Ampla, que morde a própria cauda graças às suas confusões internas, não está fazendo grande coisa para incentivar essa pressão.

Tabaré Vázquez é oncologista, não é mágico. Está claro que nem ele nem ninguém poderia, da prefeitura de Montevidéu, resolver os grandes problemas nacionais que a cidade reflete. Há trinta anos havia vinte comunidades periféricas em Montevidéu, casarios de lata e papelão, e hoje elas são 130. Nenhuma varinha mágica conseguiria evitar isso; e nenhuma poderia evitar nossos salários africanos, nem nossos preços europeus, nem o fechamento de fábricas que condena os operários a sobreviver do lixo.

Uma resposta possível

Mas a participação popular desencadeia poderosas energias, que nem se sabe se existem, e os fervores coletivos podem ser mais capazes de prodígio que qualquer mago de alto voo. Apesar de estar como está, maltratada, suja, escura e pobre, Montevidéu bem que poderia dar uma assombrosa resposta de alegria à tristeza nacional; e assim essa tristeza ficaria sabendo que ela não é inevitável.

A cidade tem condições. Há muita vida de bairro, e há vínculos comunitários bem fortes, que a ditadura machucou mas não conseguiu romper. À diferença de outras capitais latino-americanas, Montevidéu ainda não é uma máquina para enlouquecer os cidadãos. As estrelas estão à altura dos olhos e não é preciso quebrar a nuca para encontrá-las; o ar não está envenenado, o silêncio não é uma mercadoria de luxo e as pessoas ainda acham tempo para perder tempo.

Sonhando em voz alta

Eu a imagino colorida. Por que não? Colorida era, até que há um século virou cinzenta. E virou cinzenta por bobeira, porque nossos civilizados doutores pretenderam copiar Londres e Paris. Por que não recuperar, agora, as cores perdidas? Por que não inventar uma nova cidade colorida? Por que não formar Brigadas de Cores, que ajudem os vizinhos a mudar as caras das suas casas, para que as casas cantem? A moçada de Belas Artes fez isso, há uns quantos anos, no Barrio Sur. Os vizinhos pintaram, os estudantes ajudaram. E em poucas quadras, o Barrio Sur se transformou. Foi uma experiência minúscula e fugaz, mas lindíssima. Por que não fazer a mesma coisa agora, na cidade inteira? Quantos jovens entrariam na aventura? Talvez esta seja uma necessidade cultural tão urgente como o resgate dos museus e das bibliotecas.

E já que estamos no trem de sonhar em voz alta, que não faz mal a ninguém, por que não se organizam Brigadas Verdes, que replantem as muitas árvores que os militares arrancaram em sua luta contra as subversivas tendências da natureza? E que plantem novas árvores onde nunca houve árvores? E essas Brigadas Verdes não poderiam também ajudar a queimar o lixo que tapa a cidade, e instalar lixeiras em cada esquina? Não poderiam desenvolver, a partir das pessoas, uma nova consciência social da limpeza? Não acabou sendo perfeitamente inútil, além de caríssima, a campanha de propaganda que a Prefeitura fez nesse sentido, falando lá do alto, feito um papai com seus conselhos?

Eu imagino uma Montevidéu cheia de bicicletas. Por que não põem de uma vez faixas para elas? Faixas na Rambla, nas avenidas, nas ruas largas. Pouco se usa a bicicleta, pelo perigo que arrebentem o seu crânio. Montevidéu poderia ser, talvez, a primeira cidade latino-americana capaz de reagir contra a religião norte-americana do automóvel. Por que não? Por colonialismo mental? A bicicleta é o meio de transporte mais barato, sem contar as pernas, e não envenena o ar, nem contamina o silêncio, nem bloqueia as ruas. Se essas faixas existissem, o país economizaria petróleo e muita gente economizaria passagens e se livraria do tormento dos ônibus lotados.

E imagino outras coisas. Coisas que estão sendo feitas, e coisas que não estão. Centros de saúde nos bairros, tendo como base o trabalho voluntário. E centros esportivos, no campinho que for, porque jogar é melhor que ver jogar. E centros de cultura, que distribuam produtos de cultura, sim, mas que sobretudo distribuam elementares meios de produção de cultura, ou seja: recursos para tornar possível a alegria de criar. Concertos em praças e nos campos de jogo, teatros na rua, sim; e também oficinas de cerâmica e de poesia, escolinhas de teatro e de música...

A vontade de fazer

Que delírio. Acho que estou um pouco louco. Mas como diria Zorba, o grego, aos uruguaios nos falta um pouquinho de loucura. Portanto, não me arrependo. Porque muito racionalmente me consta que essas coisas não dependem do dinheiro, o dinheiro que não há, nem choverão do céu, nem brotarão das mãos de Tabaré. Essas coisas nascerão das pessoas, e principalmente da gente jovem, se nas pessoas despertar a vontade de fazê-las.

São coisas pequeninas. Não acabam com a pobreza, não nos tiram do subdesenvolvimento, não socializam os meios de produção e de mudança, não expropriam as covas de Ali Babá. Mas talvez desencadeiem a alegria de fazer, e a traduzam em atos. E finalmente, atuar sobre a realidade e mudar essa realidade, mesmo que seja um pouquinho, é a única maneira de provar que a realidade é transformável.

O país cinza, o país triste, fala uma linguagem cansativa. É a linguagem da impotência nacional, típica dos tempos de desalento que vieram depois dos anos do terror.

Estamos todos cansados de escutar louvações e discursos que masturbam os mortos. A energia criadora se desenvolve ao ser feita, e fazendo juntos. A militância juvenil não languidesce por falta de vontade, mas por falta de ação. Até quando vamos continuar oferecendo tristeza aos tristes? Até quando vamos continuar vendendo areia no deserto?

1990

Apesar dos pesares

1

A América Latina já não é uma ameaça. Portanto, deixou de existir. Raramente as fábricas universais de opinião pública se dignam a nos dar alguma olhadela. E no entanto Cuba, que tampouco ameaça ninguém, ainda é uma obsessão universal. Não a perdoam que continue estando, que espancada e tudo continue sendo. Essa ilhazinha submetida a um feroz estado de sítio, condenada ao extermínio pela fome, se nega a dar o braço a torcer. Por dignidade nacional? Não, não, explicam os entendidos: por vocação suicida. Com a pá erguida, os coveiros esperam. Ficam irritados com semelhante demora. Ao leste da Europa fizeram um trabalho rápido e total, contratados pelos próprios cadáveres, e agora estão ansiosos para jogar terra sem flores sobre essa desafiadora ditadura vermelha que se nega a aceitar seu destino. Os coveiros já têm preparada a maldição fúnebre. Não para dizer que a revolução cubana morreu de morte matada: para dizer que morreu porque queria morrer.

2

Entre os mais impacientes, entre os mais furiosos, estão os arrependidos. Ontem confundiram o estalinismo com o socialismo, e hoje têm pegadas a serem apagadas, um passado a ser expiado: as mentiras que disseram, as verdades que calaram. Na Nova Ordem Mundial, os burocratas se fazem empresários, e os censores se fazem campeões da liberdade de expressão.

3

Jamais confundi Cuba com o paraíso. Por que vou agora confundir Cuba com o inferno?
Eu sou mais um entre os que acreditam que é possível gostar dela sem mentir nem calar.

4

Fidel Castro é um símbolo de dignidade nacional. Para os latino-americanos, que já estamos cumprindo cinco séculos de humilhação, um símbolo entranhável.

Mas Fidel ocupa, há anos e anos, o centro de um sistema burocrático, sistema de ecos dos monólogos do poder, que impõe uma rotina da obediência contra a energia criadora; e a curto ou longo prazo, o sistema burocrático – partido único, verdade única – acaba por se divorciar da realidade. Nestes tempos de trágica solidão que Cuba está sofrendo, o Estado onipotente se revela oni-impotente.

5

Esse sistema não vem da orelha de uma cabra. Vem, sobretudo, do veto imperial. Apareceu quando a revolução não teve outro remédio a não ser se fechar para se defender, obrigada pela guerra dos que proibiram que Cuba fosse Cuba; e o incessante acosso exterior foi se consolidando ao longo do tempo. Faz mais de trinta anos que o veto imperial é aplicado, de mil maneiras, para impedir o projeto de Sierra Maestra. Contínuo escândalo da hipocrisia: desde aquele tempo, os fabricantes de todas as ditaduras militares que aconteceram em Cuba passaram a examinar a democracia de Cuba. Em Cuba, democracia e socialismo nasceram para ser dois nomes da mesma coisa; mas os mandões do mundo só outorgam a liberdade de escolher entre o capitalismo e o capitalismo.

6

O modelo do Leste da Europa, que tão facilmente foi derrubado lá mesmo, *não é* o da revolução cubana: A revolução cubana, que não chegou do alto nem foi imposta de fora, cresceu *a partir das pessoas*, e não contra elas nem apesar delas. Por isso conseguiu desenvolver uma consciência coletiva de pátria: o imprescindível autorrespeito que está na base da autodeterminação.

7

O bloqueio do Haiti, anunciado com tambores e clarins em nome da democracia ferida, foi um espetáculo fugaz. Não durou nada. Terminou muito antes do regresso de Aristide. Não podia durar: na democracia ou na ditadura, há cinquenta empresas norte-americanas que tiram suco dessa mão de obra baratíssima.

Já o bloqueio contra Cuba se multiplicou com os anos. Um assunto bilateral? É o que dizem; mas ninguém ignora que o bloqueio norte-americano implica, hoje em dia, o bloqueio universal. Nega-se a Cuba o pão e o sal e todo o resto. E também implica, embora muitos ignorem isso, *a negativa ao direito da autodeterminação.* O cerco asfixiante estendido ao redor de Cuba é *uma forma de intervenção*, a mais feroz, a mais eficaz, em seus assuntos internos. Gera desespero, estimula a repressão, desalenta a liberdade. Os bloqueadores sabem disso muito bem.

8

Já não existe mais a União Soviética. Já não se pode mais trocar, a preços justos, açúcar por petróleo.

Cuba fica condenada ao desamparo. O bloqueio multiplica o canibalismo de um mercado internacional que não paga nada e cobra tudo. Encurralada, Cuba aposta no turismo, e corre o risco de que o remédio acabe sendo pior que a enfermidade.

Cotidiana contradição: os turistas estrangeiros desfrutam de uma ilha dentro da ilha, onde para eles existe aquilo que para os cubanos falta. Reabrem-se velhas feridas da memória. Há bronca popular, bronca justa, nesta pátria que tinha sido colônia, e tinha sido puteiro, e tinha sido pocilga.

Sem dúvida, situação penosa; que, por ser cubana, é examinada com lupa. Mas quem pode atirar a primeira pedra? Não são considerados *normais*, em toda a América Latina, os privilégios do turismo estrangeiro? E, pior, não é considerada *normal* a guerra contra os pobres, desde o mortal muro que separa os que têm fome e os que têm medo?

9

Existem privilégios em Cuba? Privilégios do turismo e também, em certa medida, privilégios do poder? Sem dúvida. Mas a verdade é que não existe sociedade mais igualitária na América. A pobreza é repartida: não tem leite, é verdade, mas não falta leite para as crianças nem para os velhos. A comida é pouca, e não tem sabonetes, e o bloqueio não explica por arte de magia todas as escassezes; mas em plena crise continua havendo escolas e hospitais para todos, o que não é fácil de imaginar num continente onde muitíssimas pessoas não têm outro mestre além da rua, nem outro médico além da morte.

A pobreza se divide, digo, e se compartilha: Cuba continua sendo o país mais solidário do mundo. Recentemente, para citar um exemplo, Cuba foi o único país que abriu as portas para os haitianos fugitivos da fome e da ditadura militar, que tinham sido expulsos dos Estados Unidos.

10

Tempo de desmoronamento e de perplexidade; tempo de grandes dúvidas e certezas pequeninas.

Mas talvez não seja tão pequenina esta certeza: quando nascem de dentro, quando crescem lá de baixo, os grandes processos de mudança não terminam em seu lado fodido.

A Nicarágua, por exemplo, que vem de uma década de assombrosa grandeza, poderá esquecer o que aprendeu em matéria de dignidade e justiça e democracia? Termina o sandinismo em alguns dirigentes que não souberam estar à altura da sua própria gesta e ficaram com automóveis e casas e outros bens públicos? Certamente o sandinismo é bastante mais que esses sandinistas que tinham sido capazes de perder a vida na guerra e que na paz não foram capazes de perder as coisas.

11

A revolução cubana vive uma crescente tensão entre as energias de transformação que ela contém e suas petrificadas estruturas de poder.
Os jovens, e não apenas os jovens, exigem mais democracia. Não um modelo imposto de fora, pré-fabricado por quem desprestigia a democracia usando-a como um álibi da injustiça social e da humilhação nacional. A expressão real, não a formal, da vontade popular quer encontrar seu próprio caminho. À cubana. Vinda de dentro, vinda de baixo.
Mas a liberação plena dessas energias de mudança não parece possível enquanto Cuba continuar submetida a um estado de sítio. O acosso exterior alimenta as piores tendências do poder: as que interpretam qualquer contradição como um possível ato de conspiração, e não como a simples prova de que a vida está viva.

12

Cuba é julgada *como se* não estivesse padecendo, há mais de trinta anos, de uma contínua situação de emergência. Astuto inimigo, sem dúvidas, que condena as consequências de seus próprios atos.
Eu sou contra a pena de morte. Em qualquer lugar. Em Cuba também. Mas é possível repudiar os fuzilamentos em

Cuba sem repudiar, ao mesmo tempo, o cerco que nega a Cuba a liberdade de escolher e a obriga a viver na beira do precipício?

Sim, é possível. Afinal de contas, para Cuba são dados cursos de direitos humanos pelos que assoviam e olham para o lado de lá quando a pena de morte é aplicada em outros lugares da América. E não é aplicada de vez em quando, mas de maneira sistemática: torrando os negros em cadeiras elétricas dos Estados Unidos, massacrando índios nas serras da Guatemala, crivando de balas meninos nas ruas do Brasil.

E por mais lamentáveis que tenham sido os fuzilamentos em Cuba, no final das contas deixa, por isso, de ser admirável a ousada valentia dessa ilha minúscula, condenada à solidão, num mundo onde ser servil é considerado alta virtude ou prova de talento? Um mundo onde quem não se vende se aluga?

1992

AMANHÃ

O menino perdido na intempérie

Em Bucareste, o reboque leva a estátua de Lênin. Em Moscou, uma multidão ávida faz fila nas portas do McDonald's. O abominável Muro de Berlim é vendido aos pedacinhos, e Berlim do Leste confirma que está localizada à direita de Berlim do Oeste. Em Varsóvia e em Budapeste, os ministros de Economia falam igualzinho a Margaret Thatcher. Em Pequim também, enquanto os tanques esmagam os estudantes. O Partido Comunista Italiano, o mais numeroso do Ocidente, anuncia seu próximo suicídio. É reduzida a ajuda soviética à Etiópia e o coronel Mengistu descobre, de repente, que o capitalismo é bom. Os sandinistas, protagonistas da revolução mais linda do mundo, perdem as eleições. "Cai a revolução na Nicarágua", gritam os jornais em suas manchetes.

Parece que já não há lugar para as revoluções, a não ser nas vitrines do Museu Arqueológico, e nem lugar para a esquerda, a não ser a esquerda arrependida que aceita sentar à direita dos banqueiros. Estamos todos convidados para o enterro mundial do socialismo. O cortejo fúnebre abraça, pelo que se diz, a humanidade inteira.

Eu confesso que não acredito nisso. Esses funerais se enganaram de morto.

Na Nicarágua, os justos pagam pelos pecadores

A perestroika e a paixão de liberdade que a perestroika desatou fizeram saltar por tudo que é lado as costuras de uma asfixiante camisa de força. Tudo explode. Num ritmo vertiginoso, se multiplicam as mudanças, a partir da certeza de que a justiça social não precisa ser inimiga da liberdade nem da eficiência. Uma urgência, uma necessidade coletiva: as pessoas já não aguentavam mais, as pessoas estavam fartas de uma burocracia tão poderosa como inútil, que em nome de Marx as proibia de dizer o que pensavam e de viver o que sentiam. Toda espontaneidade era culpada de traição ou de loucura.

Socialismo, comunismo? Ou tudo isso era, no final das contas, uma enganação histórica? Eu escrevo a partir de um ponto de vista latino-americano, e me pergunto: se assim foi, se assim fosse, por que vamos nós pagar o preço desse engodo, dessa bandalheira? A nossa cara nunca esteve nesse espelho. Nas recentes eleições da Nicarágua, a dignidade nacional perdeu a batalha. Foi vencida pela fome e pela guerra; mas também foi vencida pelos ventos internacionais, que estão soprando contra a esquerda com mais força que nunca. Injustamente, os justos pagaram pelos pecadores. Os sandinistas não são os responsáveis pela guerra, nem pela fome; nem cabe atribuir a eles a menor cota de culpa pelo que ocorria no Leste. Paradoxo dos paradoxos: esta revolução democrática, pluralista, independente, que não copiou os soviéticos, nem os chineses, nem os cubanos, nem ninguém, pagou pelos pratos que outros quebraram, enquanto o Partido Comunista local votava pela candidata da direita, Violeta Chamorro. Os autores da guerra e da fome celebram, agora, o resultado das eleições, que castiga suas vítimas. No dia seguinte, o governo dos Estados Unidos anunciou o fim do embargo econômico à Nicarágua. A mesma coisa tinha acontecido anos atrás, quando houve o golpe militar no Chile. No dia seguinte à morte do presidente Allende, o preço internacional do cobre subiu por passe de mágica.

Na verdade, a revolução que derrubou a ditadura da família Somoza não teve, nestes dez longos anos, nem um minuto de trégua. Foi invadida todos os dias por uma potência estrangeira e seus criminosos de aluguel, e foi submetida a um incessante estado de sítio pelos banqueiros e os mercadores donos do mundo. E apesar disso, deu um jeito para virar uma revolução mais civilizada que a francesa, porque não fuzilou nem mandou ninguém para a guilhotina, e mais tolerante que a norte-americana, porque em plena guerra permitiu, com algumas restrições, a livre expressão dos porta-vozes locais do amo colonial.

Os sandinistas alfabetizaram a Nicarágua, abateram consideravelmente a mortalidade infantil e deram terra aos camponeses. Mas a guerra sangrou o país. Os danos da guerra equivalem a uma vez e meia o produto interno bruto, o que significa que a Nicarágua foi destruída uma vez e meia.

Os juízes da Corte Internacional de Haia ditaram sentença contra a agressão norte-americana, e isso não serviu para nada. E também não adiantou nada a montanha de felicitações dos organismos das Nações Unidas especializados em educação, alimentação e saúde. Ninguém come aplausos.

Os invasores raras vezes atacaram alvos militares. Seus alvos preferidos foram as cooperativas agrárias. Quantos milhares de nicaraguenses foram mortos ou feridos, nesta década, por ordem do governo dos Estados Unidos? Proporcionalmente, equivaleriam a 3 milhões de norte--americanos. E, no entanto, nesses anos muitos milhares de norte-americanos visitaram a Nicarágua e sempre foram bem recebidos, e não aconteceu nada com nenhum deles. Um só morreu. Foi morto pela Contrarrevolução.

(Era muito jovem e era engenheiro e era palhaço. Caminhava perseguido por um enxame de crianças. Organizou na Nicarágua a primeira Escola de Clowns. Foi morto pela Contra, como era chamada a Contrarrevolução, enquanto ele media a água de um lago para fazer uma represa. Ele se chamava Ben Linder.)

A trágica solidão de Cuba

Mas e Cuba? Também não acontece lá, como acontecia no Leste, um divórcio entre o poder e as pessoas? Não estão as pessoas, também lá, fartas do partido único e da imprensa única e da verdade única?

"Se eu sou Stalin, meus mortos desfrutam de boa saúde", disse Fidel Castro, e a verdade é que essa não é a única diferença. Cuba não importou de Moscou um modelo pré-fabricado de poder vertical, mas foi obrigada a se transformar numa fortaleza para que seu todo-poderoso inimigo não a fizesse, faca e garfo na mão, virar almoço. E foi nessas condições que este pequeno país subdesenvolvido conseguiu algumas façanhas espantosas: hoje, Cuba tem menos analfabetismo e menos mortalidade infantil que os Estados Unidos. Além disso, e à diferença de vários países do Leste, o socialismo cubano não foi imposto na base do chute vindo lá de cima e lá de fora, mas nasceu lá de dentro e cresceu vindo lá de baixo. Os muitos cubanos que morreram por Angola ou deram o melhor de si pela Nicarágua a troco de nada não estiveram cumprindo de maneira submissa, e indo contra seu coração, as ordens de um Estado policial. Se tivesse sido assim, seria inexplicável: nunca houve deserções, e sempre houve fervor de sobra.

Agora, Cuba está vivendo horas de trágica solidão. Horas perigosas: a invasão do Panamá e a desintegração do chamado campo socialista influem da pior maneira, eu temo, sobre o processo interno, favorecendo a tendência ao fechamento burocrático, à rigidez ideológica e à militarização da sociedade.

Cara e coroa dos novos tempos

Diante do Panamá, da Nicarágua e de Cuba, o governo dos Estados Unidos invoca a democracia como os governos do Leste invocavam o socialismo: mero álibi. Ao longo deste século, a América Latina foi invadida mais de cem vezes pelos Estados Unidos. Sempre em nome da democracia, e sempre para impor ditaduras militares ou governos títeres que souberam salvar o dinheiro ameaçado. O sistema imperial de poder não quer países democráticos. Quer países humilhados.

A invasão do Panamá foi escandalosa, com suas 7 mil vítimas entre os escombros dos bairros pobres arrasados pelos bombardeios; porém, mais escandalosa ainda que a invasão foi a impunidade com que ela aconteceu. A impunidade, que induz à repetição do delito, estimula o delinquente. Diante desse crime contra a soberania, o presidente Mitterrand fez soar seu discreto aplauso, e o mundo inteiro cruzou os braços, depois de pagar o pequeníssimo imposto de uma ou outra declaração.

Neste sentido, acaba sendo eloquente o silêncio, e até a mal dissimulada complacência, de alguns países do Leste Europeu. A libertação do Leste significa sinal verde para a opressão do Oeste? Eu nunca concordei com a atitude de quem condenava o imperialismo no mar do Caribe, mas aplaudia ou se calava quando a soberania nacional era pisoteada na Hungria, na Polônia, na Tchecoslováquia ou no Afeganistão. Posso falar, porque não tenho rabo preso: o direito à autodeterminação dos povos é sagrado, em todos os lugares e em todos os momentos. Certo está quem fala que as reformas democráticas de Gorbachev foram possíveis porque a União Soviética não corria o risco de ser invadida pela União Soviética. E, em paralelo, dizem por aí que os Estados Unidos estão a salvo de quartelaços e ditaduras militares porque nos Estados Unidos não existe embaixada dos Estados Unidos.

Sem sombra de dúvidas, a liberdade é sempre uma notícia boa. Para o Leste Europeu, que está protagonizando essa liberdade, com justo júbilo, e para o mundo inteiro. Mas, por sua vez, são uma boa notícia os elogios ao dinheiro e às virtudes do mercado? A idolatria do *american way of life*? As cândidas ilusões do ingresso no Clube Internacional dos Ricos? A burocracia, que só é ágil na hora de se acomodar, está se adaptando aceleradamente à nova situação, e os velhos burocratas começam a se transformar em novos burgueses.

É preciso reconhecer, do ponto de vista latino-americano e do chamado Terceiro Mundo, que o falecido bloco soviético ao menos tinha uma virtude essencial: não se alimentava da pobreza dos pobres, não participava do saqueio no mercado internacional capitalista, e, por sua vez, ajudava a financiar a justiça em Cuba, na Nicarágua e em muitos outros países. E eu suspeito que, daqui a pouco, isso será lembrado com saudade.

Um pesadelo realizado

Para nós, o capitalismo não é um sonho a se realizar, mas um pesadelo realizado. Nosso desafio não consiste em privatizar o Estado, mas desprivatizá-lo. Nossos Estados foram comprados a preço de banana, pelos donos da terra e dos bancos e de todo o resto. E o mercado não é, para nós, outra coisa que um navio pirata: quanto mais livre, pior. O mercado local e o internacional. O mercado internacional rouba a gente com os dois braços. O braço comercial vende para nós cada vez mais caro e compra de nós cada vez mais barato. O braço financeiro, que nos empresta nosso próprio dinheiro, nos paga cada vez menos e cobra de nós cada vez mais.

Vivemos numa região de preços europeus e salários africanos, onde o capitalismo atua como aquele bom homem que dizia: "Gosto tanto dos pobres que sempre acho que eles não são em quantidade suficiente". Só no Brasil, por exemplo, o sistema mata por dia, de doença ou de fome, mil crianças. Na América Latina, o capitalismo é antidemocrático, com ou sem eleições: a maioria das pessoas é presa da necessidade e está condenada à solidão e à violência.

Passinho a passo

As eleições na Nicarágua foram um golpe muito duro. Um golpe como o ódio de Deus, dizia o poeta. Quando fiquei sabendo do resultado fui, e ainda sou, um menino perdido na intempérie. Um menino perdido, digo eu, mas não solitário. Somos muitos. No mundo inteiro, somos muitos.

Às vezes sinto que nos roubaram até as palavras. A palavra socialismo é usada, no Oeste, para maquiar a injustiça; e no Leste, evoca o purgatório, ou talvez o inferno.

A palavra imperialismo está fora de moda e já não existe no dicionário político dominante, embora o imperialismo sim exista, e despoje e mate. E a palavra militância? Para os teóricos do desencanto, é uma velhice ridícula. Para os arrependidos, um estorvo da memória.

Em poucos meses assistimos ao naufrágio estrepitoso de um sistema usurpador do socialismo, que tratava o povo como um eterno menor de idade e o puxava pela orelha. Mas há três ou quatro séculos os inquisidores caluniavam Deus quando diziam que cumpriam suas ordens; e eu creio que o cristianismo não é a Santa Inquisição. Em nosso tempo, os burocratas desprestigiaram a esperança e sujaram a mais bela das aventuras humanas; mas eu também creio que o socialismo não é o estalinismo.

Agora, é preciso começar de novo. Passinho a passo, sem outros escudos que os nascidos de nossos próprios corpos. É preciso descobrir, criar, imaginar. No discurso que Jesse Jackson pronunciou pouco depois da sua derrota, nos Estados Unidos, ele reivindicou o direito de sonhar: "Vamos defender esse direito", disse. "Não vamos permitir que alguém nos arrebate esse direito." E hoje, mais do que nunca, é preciso sonhar. Sonhar, juntos, sonhos que se desensonhem e encarnem em matéria mortal, como dizia, como queria, um poeta querido. Lutando por esse direito vivem meus melhores amigos; e por ele alguns deram a vida.

Este é o meu depoimento. Confissão de um dinossauro? Pode ser. Em todo caso, é o depoimento de alguém que acredita que a condição humana não está condenada ao egoísmo e à obscena caça ao dinheiro, e que o socialismo não morreu, porque ainda não era: que hoje é o primeiro dia de uma longa vida que tem para viver.

1990

A teoria do fim da história
O desprezo como destino

1

Fim da história? Para nós, não é nenhuma novidade. Já lá se vão cinco séculos desde que a Europa decretou que, na América Latina, a memória e a dignidade eram delitos. Os novos donos destas terras proibiram recordar a história, e proibiram fazer história. Desde então, só podemos aceitá-la.

2

Peles negras, perucas brancas, coroas de luzes, mantos de seda e joias: no carnaval do Rio de Janeiro os mortos de fome sonham juntos e são reis por um instante. Durante quatro dias o povo mais musical do mundo vive seu delírio coletivo. E, na Quarta-Feira de Cinzas, ao meio-dia, se acabou a festa. A polícia leva preso quem continuar usando fantasia. Os pobres se desplumam, se despintam, arrancam as máscaras visíveis, máscaras que desmascaram, máscaras da liberdade fugaz, e colocam as outras máscaras, invisíveis, negadoras do rosto: as máscaras da rotina, da obediência e da miséria. Até que chegue o próximo carnaval, as rainhas tornam a lavar pratos e os príncipes a varrer as ruas.

Vendem jornais que não sabem ler, costuram roupas que não podem vestir, lustram automóveis que jamais serão deles e levantam edifícios onde jamais irão morar. Com seus braços baratos oferecem produtos baratos ao mercado mundial.

Eles fizeram Brasília, e de Brasília foram expulsos.

A cada dia eles fazem o Brasil, e o Brasil é a sua terra de exílio.

Eles não podem fazer a história. Estão condenados a padecê-la.

3

Fim da história. O tempo se aposenta, o mundo deixa de girar. Amanhã é o outro nome do hoje. A mesa está servida, e a civilização ocidental não nega a ninguém o direito de mendigar as sobras.

Ronald Reagan desperta e diz: "A Guerra Fria acabou. Ganhamos". E Francis Fukuyama, um funcionário do Departamento de Estado, ganha subitamente êxito e fama descobrindo que o fim da Guerra Fria é o fim da história. O capitalismo, que diz se chamar democracia liberal, é a porta de chegada de todas as viagens, "a forma final de governo humano".

Horas de glória. A luta de classes já não existe e ao Leste não há mais inimigos, e sim aliados. O mercado livre e a sociedade de consumo conquistam o consenso universal, que tinha sido atrasado pelo desvio histórico da miragem comunista. Como queria a Revolução Francesa, agora somos todos livres, iguais e fraternais. E todos proprietários. Reino da cobiça, paraíso terrenal.

Como Deus, o capitalismo tem a melhor opinião sobre si mesmo, e não duvida da sua própria eternidade.

4

Bem-vinda seja a queda do Muro de Berlim, diz um diplomata peruano, Carlos Alzamora, num artigo recente; mas diz que o outro muro, o que separa o mundo pobre do mundo opulento, está mais alto que nunca. Um *apartheid* universal: os surtos de racismo, de intolerância e de discriminação, cada vez mais frequentes na Europa, castigam os intrusos que saltam esse muro alto para se meter na cidadela da prosperidade. E está à vista. O Muro de Berlim morreu de morte morrida, mas não chegou a cumprir trinta anos de vida, enquanto o outro muro celebrará daqui a pouco cinco séculos de idade. O comércio desigual, a extorsão financeira, a sangria de capitais, o monopólio da tecnologia e da informação e a alienação cultural são os tijolos que dia a dia se somam, conforme cresce a drenagem da riqueza e da soberania do Sul para o Norte do mundo.

5

Com o dinheiro acontece o contrário do que com as pessoas: quanto mais livre, pior. O neoliberalismo econômico, que o Norte impõe ao Sul como fim da história, como sistema único e último, consagra a opressão sob a bandeira da liberdade. No mercado livre é natural a vitória do forte e legítima a aniquilação do fraco. Assim se eleva o racismo à categoria de doutrina econômica. O Norte confirma a justiça divina: Deus recompensa os povos eleitos e castiga as raças inferiores, biologicamente condenadas à preguiça, à violência e à ineficácia. Num dia de trabalho, um operário do Norte ganha mais que um operário do Sul em meio mês.

6

Salários de fome, custos baixos, preços de ruína no mercado mundial.

O açúcar é um dos produtos latino-americanos condenados à instabilidade e à queda. Durante muitos anos, houve uma exceção: a União Soviética pagou, e paga ainda, um preço equilibrado pelo açúcar de Cuba. Agora, em plena euforia, o capitalismo triunfante esfrega as mãos. Há vários indícios de que esse pacto comercial já não vai durar muito tempo. E a ninguém ocorre pensar que essa exceção exemplar poderia anunciar a possível criação de uma nova ordem institucional mais justa, uma alternativa ao sistemático saqueio que os técnicos chamam de "deterioração dos termos de troca". Não: se os soviéticos ainda pagam bom preço pelo açúcar cubano, isso não faz mais que comprovar as diabólicas intenções que guiaram os maus passos de Moscou, que se metia onde não devia quando usava chifres, tridente e rabo.

A ordem vigente é a única ordem possível: o comércio ladrão é o fim da história.

7

Preocupado com o colesterol, esquecido da fome, o Norte pratica, no entanto, a caridade. A Madre Teresa de Calcutá é mais eficiente que Karl Marx. A ajuda do Norte ao Sul é muito inferior às esmolas solenemente comprometidas diante das Nações Unidas, mas serve para que o Norte ofereça ferro-velho de guerra, mercadorias que sobraram e projetos de desenvolvimento que subdesenvolvem o Sul e multiplicam a hemorragia para curar a anemia.

Enquanto isso, nos últimos cinco anos o Sul doou ao Norte uma soma infinitamente maior, equivalente a dois planos Marshall em valores atualizados, em conceito de juros, lucros, royalties e diversos tributos coloniais. E enquanto isso, os bancos credores do Norte destripam os Estados devedores do Sul, e ficam com nossas empresas públicas a troco de nada.

Ainda bem que o imperialismo não existe. Ninguém mais o menciona: portanto, não existe. Também essa história acabou.

8

Mas se os impérios e as colônias jazem nas vitrines do museu de antiguidades, por que os países dominantes continuam armados até os dentes? Por causa do perigo soviético? Nesse álibi já não acreditam mais nem os soviéticos. Se a cortina de ferro derreteu, e os maus de ontem são os bons de hoje, por que os poderosos continuam fabricando e vendendo armas e medo?

O orçamento da Força Aérea dos Estados Unidos é maior que a soma de todos os orçamentos de educação infantil no chamado Terceiro Mundo. Desperdício de recursos? Ou recursos para defender o desperdício? A organização desigual do mundo, que simula ser eterna, poderia se sustentar um só dia se fossem desarmados os países e as classes sociais que compraram o planeta?

Este sistema enfermo de consumismo e arrogância, lançado vorazmente ao arrasamento de terras, mares, ares e céus, monta guarda ao pé do alto muro do poder. Dorme com um olho só, e não faltam motivos.

O fim da história é a sua mensagem de morte. O sistema, que sacraliza a canibalesca ordem internacional, nos diz: "*Eu sou tudo. Depois de mim, nada*".

9

Da tela de um computador se decide a boa ou a má sorte de milhões de seres humanos. Na era das superempresas e da supertecnologia, uns são mercadores e outros, nós, somos mercadorias. A magia do mercado fixa o valor das coisas e das pessoas.

Os produtos latino-americanos valem cada vez menos. Nós, os latino-americanos, também.

O papa de Roma condenou energicamente o fugaz bloqueio, ou ameaça de bloqueio, contra a Lituânia, mas o Santo Padre nunca deu um pio sobre o bloqueio contra Cuba, que já leva uns trinta anos, nem sobre o bloqueio contra Nicarágua, que durou dez. Normal. E é normal, já que nós, latino-americanos vivos, valemos tão pouco que os nossos mortos são cotizados cem vezes abaixo das vítimas do hoje desintegrado Império do Mal. Noam Chomsky e Edward Herman se deram ao trabalho de medir o espaço que merecemos nos principais meios norte-americanos de comunicação. Jerzy Popieluszko, sacerdote assassinado pelo terror de Estado na Polônia, em 1984, ocupou mais

espaço que a soma de cem sacerdotes assassinados pelo terror de Estado na América Latina nesses últimos anos.
Nos impuseram o desprezo como costume. E agora nos vendem o desprezo como destino.

10

O Sul aprende geografia nos mapas do mundo que o reduzem à metade do seu tamanho real. E os mapas do mundo do futuro vão apagar o Sul de uma vez?

Até agora, a América Latina era a terra do futuro.

Consolo covarde; mas já era alguma coisa.

Agora nos dizem que o futuro é o presente.

1990

Ser como eles

Para Karl Hübener

Os sonhos e os pesadelos são feitos dos mesmos materiais, mas este pesadelo diz ser nosso único sonho permitido: um modelo de desenvolvimento que despreza a vida e adora as coisas.

Podemos ser como eles?

Promessa dos políticos, razão dos tecnocratas, fantasia dos desamparados: o Terceiro Mundo se transformará em Primeiro Mundo, e será rico e culto e feliz, caso se porte bem e se fizer, sem chiar nem entrar em poréns, o que mandarem fazer. Um destino de prosperidade recompensará a boa conduta dos mortos de fome, no capítulo final da telenovela da História. *Podemos ser como eles*, anuncia o gigantesco letreiro luminoso aceso no caminho do desenvolvimento dos subdesenvolvidos e da modernização dos atrasados. Mas *o que não pode ser não pode ser, e além do mais é impossível*, como bem dizia o toureiro Pedro, o Galo: se os países pobres ascenderem ao nível de produção e desperdício dos países ricos, o planeta morre. Nosso infeliz planeta já está em estado de coma, gravemente intoxicado pela civilização industrial e espremido até a penúltima gota pela sociedade de consumo.

Nos últimos vinte anos, enquanto a humanidade triplicava, a erosão assassinou o equivalente a toda a superfície cultivável dos Estados Unidos. O mundo, convertido em mercado e mercadoria, está perdendo quinze milhões de hectares de floresta por ano. Deles, 6 milhões se convertem em desertos. A natureza, humilhada, foi posta ao serviço da acumulação de capital. A terra, a água e o ar são envenenados para que o dinheiro gere mais dinheiro sem que caia a taxa de lucro. Eficiente é quem mais ganha em menos tempo.

A chuva ácida dos gases industriais assassina as florestas e os lagos do Norte do mundo, enquanto os lixos tóxicos envenenam os rios e os mares, e no Sul a agroindústria de exportação avança arrasando árvores e gente. Ao Norte e ao Sul, a Leste e a Oeste, o homem vai serrando, com delirante entusiasmo, o galho onde está sentado.

Da floresta ao deserto: modernização, devastação. Na fogueira incessante da Amazônia arde meia Bélgica por ano, queimada pela civilização da cobiça, e na América Latina inteira a terra está ficando careca e secando. Na América Latina morrem 22 hectares de floresta *por minuto*, em sua maioria sacrificados pelas empresas que produzem carne ou madeira, em grande escala, para consumo alheio. As vacas da Costa Rica se convertem, nos Estados Unidos, em hambúrgueres do McDonald's. Há meio século, as árvores cobriam três quartos do território da Costa Rica: já são muito poucas as árvores que sobram, e no atual ritmo de desmatamento, este pequeno país será terra calva no final do século. A Costa Rica exporta carne para os Estados Unidos, e dos Estados Unidos importa agrotóxicos que os Estados Unidos proíbem de ser usados em seu próprio solo.

Uns poucos países dilapidam os recursos de todos. Crime e delírio da sociedade do desperdício: os seis por cento mais ricos da humanidade devoram um terço de toda a energia e um terço de todos os recursos naturais consumidos no mundo. Conforme revelam as estatísticas, um só norte-americano consome tanto quanto cinquenta haitianos. Claro que a média não define um vizinho do bairro de Harlem, nem define Baby Doc Duvalier, mas de qualquer modo vale perguntar: o que aconteceria se cinquenta haitianos consumissem de repente tanto como cinquenta norte-americanos? O que aconteceria se toda a imensa população do Sul pudesse devorar o mundo com a impune voracidade do Norte? O que aconteceria se fossem multiplicados nessa louca medida os artigos suntuários e os automóveis e as geladeiras e os televisores e as usinas nucleares e as usinas elétricas? O que aconteceria com o clima, que já está perto do colapso por causa do reaquecimento da atmosfera? O que aconteceria com a terra, com a pouca terra que a erosão está deixando para nós? E com a água, que a quarta parte da humanidade já bebe contaminada por nitratos e agrotóxicos e resíduos industriais de mercúrio e de chumbo? O que aconteceria? Não aconteceria. Teríamos de mudar de planeta. Este que nós temos, já bem gasto, não conseguiria bancar o jogo.

O precário equilíbrio do mundo, que roda na beira do abismo, depende da perpetuação da injustiça. A miséria de muitos é necessária para que seja possível o desperdício de poucos. Para que poucos continuem consumindo demais, muitos devem continuar consumindo menos. E para evitar que ninguém passe da linha, o sistema multiplica as armas de guerra. Incapaz de combater a pobreza, combate os pobres, enquanto a cultura dominante, cultura militarizada, abençoa a violência do poder.

O *american way of life*, fundamentado no privilégio dos esbanjadores, só pode ser praticado pelas minorias dominantes dos países dominados. Sua implantação massiva implicaria o suicídio coletivo da humanidade.
Possível, não é. Mas seria desejável?

Queremos ser como eles?

Num formigueiro bem organizado, as formigas-rainhas são poucas, e as formigas operárias são muitíssimas. As rainhas nascem com asas e podem fazer amor. As operárias não voam nem amam, trabalham para as rainhas. As formigas policiais vigiam as operárias e também vigiam as rainhas.

A vida é o que acontece enquanto você está ocupado fazendo outras coisas, dizia John Lennon. Na nossa época, assinalada pela confusão entre os meios e os fins, não se trabalha para viver: se vive para trabalhar. Uns trabalham cada vez mais porque precisam mais do que consomem; e outros trabalham cada vez mais para continuar consumindo mais do que precisam.

Parece normal que a jornada de trabalho de oito horas pertença, na América Latina, aos domínios da arte abstrata. O duplo emprego, que as estatísticas oficiais raras vezes confessam, é a realidade de muitíssima gente que não tem outra maneira de desviar da fome. Mas parece normal que o homem trabalhe feito formiga nos cumes do desenvolvimento? A riqueza conduz à liberdade ou multiplica o medo da liberdade?

Ser é ter, diz o sistema. E a armadilha consiste em quem mais tem mais quer, e em resumidas contas as pessoas terminam pertencendo às coisas e trabalhando às suas ordens. O modelo de vida da sociedade de consumo, que hoje em dia se impõe como modelo único em escala universal, transforma o tempo num recurso econômico cada vez mais escasso e mais caro: o tempo é vendido, alugado, vira investimento. Mas quem é o dono do tempo? O automóvel, o televisor, o vídeo, o computador de uso pessoal, o celular e as demais contrassenhas da felicidade, máquinas nascidas para *ganhar tempo* ou para *fazer o tempo passar*, se apoderam do tempo. O automóvel, por exemplo, não apenas dispõe do espaço urbano: também dispõe do tempo humano. Em teoria, o automóvel serve para *economizar tempo*, mas na prática devora o tempo. Boa parte do tempo de trabalho se destina ao pagamento do transporte para o trabalho, que além disso acaba sendo cada vez mais engolidor de tempo graças aos engarrafamentos do trânsito nas babilônias modernas.

Não é preciso ser sábio em economia. Basta o senso comum para supor que o progresso tecnológico, ao multiplicar a produtividade, diminui o tempo de trabalho. O senso comum não previu, porém, o pânico do *tempo livre*, nem as armadilhas do consumo, nem o poder manipulador da publicidade. Nas cidades do Japão trabalham-se 47 horas semanais faz vinte anos. Enquanto isso, na Europa, o tempo de trabalho se reduziu, mas muito lentamente, num ritmo que não tem nada a ver com o acelerado desenvolvimento da produtividade. Nas fábricas automatizadas há dez operários onde antes havia mil; mas o progresso tecnológico gera desocupação em vez de ampliar os espaços de liberdade. A liberdade de *perder tempo*: a sociedade de consumo não autoriza semelhante desperdício. Até as férias, organizadas pelas grandes empresas que industrializam o turismo de massa, se converteram numa ocupação esgotadora. *Matar tempo*: os balneários modernos reproduzem a vertigem da vida cotidiana nos formigueiros urbanos.

Pelo que dizem os antropólogos, nossos ancestrais do Paleolítico não trabalhavam mais do que vinte horas por semana. Pelo que dizem os jornais, nossos contemporâneos da Suíça votaram, no final de 1988, num plebiscito que propunha reduzir a jornada de trabalho a quarenta horas semanais: reduzir a jornada sem reduzir os salários. Os suíços votaram contra.

As formigas se comunicam tocando suas antenas. As antenas de televisão se comunicam com os centros de poder do mundo contemporâneo. A telinha nos oferece o afã da propriedade, o frenesi do consumo, a excitação da competição e a ansiedade do êxito, como Colombo oferecia bobagens aos índios. Mercadorias exitosas. A publicidade não nos conta, por sua vez, que os Estados Unidos consomem atualmente, de acordo com a Organização Mundial de Saúde, *quase a metade total de drogas tranquilizantes que são vendidas no planeta*. Nos últimos vinte anos, a jornada de trabalho *aumentou* nos Estados Unidos. Nesse período, *duplicou* a quantidade de doentes com estresse.

A cidade como câmara de gás

Um camponês vale menos que uma vaca e mais que uma galinha, me informam em Caaguazú, no Paraguai. E no nordeste do Brasil: *Quem planta não tem terra, e quem tem terra não planta.*

Nossos campos se esvaziam, as cidades latino-americanas viram infernos do tamanho de países. A cidade do México cresce a um ritmo de meio milhão de pessoas e trinta quilômetros quadrados *por ano*: já tem cinco vezes mais habitantes que a Noruega inteira. Daqui a pouco, no final do século, a capital do México e a cidade de São Paulo serão as maiores do mundo.

As cidades do Sul do planeta são como as grandes cidades do Norte, mas vistas num espelho deformador. A modernização copiadora multiplica os defeitos do modelo. As capitais latino-americanas, estrepitosas, saturadas de fumaça, não têm faixas para bicicletas nem filtros para gases tóxicos. O ar limpo e o silêncio são artigos tão raros e tão caros que já nem os ricos mais ricos podem comprar.

No Brasil, a Volkswagen e a Ford fabricam automóveis *sem filtros* para vender no Brasil e nos outros países do Terceiro Mundo. Em compensação, essas mesmas filiais brasileiras da Volkswagen e da Ford produzem automóveis *com filtro* (conversores catalíticos) para vender no Primeiro Mundo. A Argentina produz gasolina sem chumbo para exportação. Para o mercado interno, produz gasolina venenosa. Em toda a América Latina os automóveis têm a liberdade de vomitar chumbo pelos escapamentos. Do ponto de vista dos automóveis, o chumbo eleva a octanagem e aumenta a taxa de lucro. Do ponto de vista das pessoas, o chumbo afeta o cérebro e o sistema nervoso. Os automóveis, donos das cidades, não ouvem os intrusos.

Ano 2000, lembranças do futuro: pessoas com máscaras de oxigênio, pássaros que tossem em vez de cantar, árvores que se negam a crescer. Atualmente, na Cidade do México, a gente vê cartazes que dizem: *Roga-se não incomodar os muros* e *Favor não açoitar a porta.* Ainda não há cartazes que digam: *Recomenda-se não respirar.* Quanto vai demorar para que essas advertências à saúde pública apareçam? Os automóveis e as fábricas dão de presente para a atmosfera, a cada dia, 11 mil toneladas de gases e fumaças inimigas. Há uma névoa de sujeira no ar, as crianças já nascem com chumbo no sangue e em mais de uma ocasião choveram pássaros mortos sobre a cidade que era, em tempos não tão longínquos, *a região mais transparente do ar*. Agora o coquetel de monóxido de carbono, bióxido de enxofre e óxido de nitrogênio chega a ser três vezes superior ao máximo tolerável para os seres humanos. Qual será o máximo tolerável para os seres urbanos?

Cinco milhões de automóveis: a cidade de São Paulo foi definida como um doente nas vésperas do enfarte. Uma nuvem de gases mascara a cidade. Só nos domingos dá para ver, lá de fora, a cidade mais desenvolvida do Brasil. Nas avenidas do centro, cartazes luminosos advertem a população a cada dia:

Qualidade do ar: ruim.

De acordo com as estações medidoras, o ar esteve sujo ou muito sujo durante 323 dias do ano de 1986.

Em junho de 1989, Santiago do Chile disputou com a Cidade do México e com São Paulo, nuns dias sem chuva nem vento, o campeonato mundial da contaminação. O morro de San Cristóbal, em pleno centro de Santiago, não aparecia, escondido por uma máscara de fumaça. O nascente governo democrático do Chile impôs algumas medidas mínimas contra as oitocentas toneladas de gases que a cada dia se incorporam ao ar da cidade. Então os automóveis e as fábricas puseram a boca no trombone: aquelas limitações violavam a liberdade de empresa e machucavam o direito da propriedade. A liberdade do dinheiro, que despreza a liberdade de todos os demais, havia sido ilimitada durante a ditadura do general Pinochet, e tinha feito uma valiosa contribuição ao envenenamento generalizado. O direito a contaminar é um incentivo fundamental para o investimento estrangeiro, quase tão importante como o direito de pagar salários anões. Afinal, o general Pinochet nunca tinha negado aos chilenos o direito de respirar merda.

A cidade como cárcere

A sociedade de consumo, que consome as pessoas, obriga as pessoas a consumirem, enquanto a televisão distribui cursos de violência a letrados e analfabetos. Os que não têm nada podem viver muito longe dos que têm tudo, mas a cada dia os espiam pela telinha. A televisão exibe o obsceno desperdício da festa do consumo e, ao mesmo tempo, mostra a arte de abrir distância a tiros.

A realidade imita a televisão, a violência urbana é a continuação da televisão, mas por outros meios. Os meninos de rua praticam a iniciativa privada no delito, que é o único campo em que podem desenvolver essa iniciativa. Seus direitos humanos se reduzem a roubar e a morrer. Os filhotes de tigre, abandonados à própria sorte, saem em caçada. Em qualquer esquina dão o bote e fogem. A vida acaba cedo, consumida pelo crack e outras drogas boas para enganar a fome e o frio e a solidão; ou é liquidada quando alguma bala corta a vida pela raiz.

Caminhar pelas ruas das grandes cidades latino-americanas está se transformando numa atividade de alto risco. Ficar em casa também. A cidade como cárcere: quem não está preso pela necessidade, está preso pelo medo. Quem tem alguma coisa, por pouco que seja, vive debaixo de estado de ameaça, condenado ao pânico do próximo assalto. Quem tem muito vive trancado em fortalezas de segurança. Os grandes edifícios e conjuntos residenciais são castelos feudais da era eletrônica. Falta a eles o fosso dos crocodilos, é verdade, e também falta a eles a majestosa beleza dos castelos da Idade Média, mas têm grandes grades que se erguem, muralhas altas, torres de vigilância e guardas armados.

O Estado, que já não é paternalista mas policial, não pratica a caridade. Pertencem à antiguidade aqueles tempos da retórica sobre a domesticação dos descarrilhados através das virtudes do estudo e do trabalho. Na época da economia de mercado, os frutos humanos que sobram são eliminados por fome ou por tiro. Os meninos de rua, filhos da mão de obra marginal, não são nem podem ser úteis para a sociedade. A educação pertence a quem pode pagar por ela; a repressão é exercida contra quem não pode comprá-la.

Segundo o *The New York Times*, entre janeiro e outubro de 1990 a polícia assassinou mais de quarenta meninos nas ruas da cidade da Guatemala. Os cadáveres dos meninos, meninos mendigos, meninos ladrões, meninos reviradores de lixo, apareceram sem línguas, sem olhos, sem orelhas, atirados em lixeiras. Segundo a Anistia Internacional, durante 1989 foram executados 457 meninos e adolescentes nas cidades brasileiras de Rio de Janeiro, São Paulo e Recife. Esses crimes, cometidos pelos Esquadrões da Morte e outras forças da ordem paramilitar, não aconteceram em áreas rurais atrasadas, mas nas mais importantes cidades do Brasil: não aconteceram onde o capitalismo *falta*, mas onde o capitalismo *sobra*. A injustiça social e o desprezo pela vida crescem com o crescimento da economia.

Em países onde não há pena de morte aplica-se cotidianamente a pena de morte em defesa do direito de propriedade. E os formadores de opinião costumam fazer a apologia do crime. Em meados de 1990, na cidade de Buenos Aires, um engenheiro matou a tiros dois jovens ladrões que tinham fugido com o toca-fitas do seu automóvel. Bernardo Neustadt, o jornalista argentino mais influente, comentou na televisão: *Eu teria feito a mesma coisa.* Nas eleições brasileiras de 1986, Afanásio Jazadji ganhou uma cadeira de deputado no estado de São Paulo. Foi um dos deputados mais votados na história do estado. Jazadji tinha conquistado sua imensa popularidade a partir dos microfones do rádio. Seu programa defendia aos berros os Esquadrões da Morte e pregava a tortura e o extermínio dos delinquentes.

Na civilização do capitalismo selvagem, o direito de propriedade é mais importante que o direito à vida. As pessoas valem menos que as coisas. Acaba sendo revelador, nesse sentido, o caso das leis de impunidade. As leis que absolveram o terrorismo de Estado exercido pelas ditaduras militares nos três países do Sul perdoaram o crime e a tortura, mas não perdoaram os delitos contra a propriedade (Chile: Decreto-lei 2.191, em 1978; Uruguai: Lei 15.848, em 1986; Argentina: Lei 23.521, em 1987).

O "custo social" do Progresso

Fevereiro de 1989, Caracas. Sobe rumo às nuvens, de repente, o preço da passagem de ônibus, o preço do pão se multiplica por três, e explode a fúria popular: nas ruas ficam esticados trezentos mortos, ou quinhentos, quem sabe?

Fevereiro de 1991, Lima. A peste da cólera ataca o litoral do Peru, se lança sobre o porto de Chimbote e os subúrbios miseráveis da cidade de Lima, e mata cem em poucos dias. Nos hospitais não há soro nem sal. O ajuste econômico do governo desmantelou o pouco que tinha sobrado da saúde pública, e duplicou, num relâmpago, a quantidade de peruanos em estado de pobreza crítica, que ganham menos que o salário-mínimo. O salário-mínimo é de 45 dólares *por mês*.

As guerras de agora, guerras eletrônicas, acontecem em telas de videogame. As vítimas não se ouvem nem se veem. A economia de laboratório também não escuta nem vê os famintos, a terra arrasada. As armas de controle remoto matam sem remorso. A tecnologia internacional, que impõe ao Terceiro Mundo seus programas de desenvolvimento e seus planos de ajuste, também assassina lá de fora e lá de longe.

Faz mais de um quarto de século que a América Latina vem desmantelando os frágeis diques opostos à prepotência do dinheiro. Os banqueiros credores bombardearam essas defesas com as certeiras armas da extorsão, e os militares ou os políticos ajudaram a derrubá-las, dinamitando-as por dentro. Assim vão caindo, uma atrás da outra, as barreiras de proteção erguidas, em outros tempos, a partir do Estado. E agora o Estado está vendendo as empresas públicas nacionais a troco de nada, ou pior que nada, porque o que vende, paga. Nossos países entregam as chaves e todo o resto aos monopólios internacionais, agora chamados de *fatores de formação de preços*, e se transformam em mercados livres. A tecnocracia internacional, que nos ensina a dar injeções em pernas de pau, diz que o mercado livre é o talismã da riqueza. Por que os países ricos, que pregam isso, não praticam isso? O mercado livre, que humilha os fracos, é o mais exitoso produto de exportação dos fortes. Fabrica-se para consumo dos países pobres. Nenhum país rico o usou jamais.

Talismã da riqueza para quantos? Dados oficiais do Uruguai e da Costa Rica, os países onde antes menos ardiam as contradições sociais: agora, um de cada seis uruguaios vive em extrema pobreza, e são pobres duas de cada cinco famílias da Costa Rica.

O duvidoso matrimônio da oferta com a demanda, num mercado livre que serve ao despotismo dos poderosos, castiga os pobres e gera uma economia de especulação. A produção é desalentada, o trabalho é desprestigiado e o consumo é divinizado. As vitrines das casas de câmbio são contempladas como se fossem telas de salas de cinema, e fala-se do dólar como se o dólar fosse uma pessoa:

– *E o dólar, como vai?*

A tragédia se repete como farsa. Desde os tempos de Cristóvão Colombo a América Latina sofreu como tragédia própria o desenvolvimento do capitalismo alheio. Agora, repete como farsa. É a caricatura do desenvolvimento: um anão que finge ser menino.

A tecnocracia vê números e não vê pessoas, mas só vê os números que convém olhar. Ao final deste longo quarto de século, são celebrados alguns êxitos da *modernização*. O *milagre boliviano*, por exemplo, realizado por obra e graça do dinheiro do narcotráfico: o ciclo do estanho se acabou, e com a queda do estanho vieram abaixo os centros mineiros e os sindicatos mais briguentos da Bolívia: agora, a cidade de Llallagua, que não tem água potável, conta com uma antena parabólica de televisão no topo do morro do Calvário. O *milagre chileno*, fruto da varinha mágica do general Pinochet, exitoso produto que está sendo vendido, em poções, aos países do Leste. Mas qual é o preço do milagre chileno? E quem são os chilenos que pagaram e pagam esse preço? Quem serão os poloneses e os tchecos e os húngaros que pagarão? No Chile, estatísticas oficiais proclamam a multiplicação de pães e, ao mesmo tempo, confessam a multiplicação dos famintos. O galo canta vitória. Esse cacarejar é suspeito. Será que o fracasso não lhe subiu à cabeça? Em 1970, vinte por cento dos chilenos eram pobres. Agora, são 45 por cento.

As cifras confessam, mas não se arrependem. No final das contas, a dignidade humana depende do cálculo de custos e benefícios, e o sacrifício dos pobres não é outra coisa que o *custo social* do Progresso.

Qual seria o valor desse *custo social*, se ele pudesse ser medido? No final de 1990, a revista *Stern* fez uma cuidadosa estimativa dos danos produzidos pelo desenvolvimento na Alemanha atual. A revista avaliou, em termos econômicos, os prejuízos humanos e materiais derivados de acidentes de automóveis, dos congestionamentos de trânsito, da contaminação do ar, da água e dos alimentos, da deterioração dos espaços verdes e outros fatores, e chegou à conclusão que o valor dos danos equivale à quarta parte de todo o produto interno bruto, o tal PIB, da economia alemã. A multiplicação da miséria não aparecia, obviamente, entre esses danos, porque já faz uns tantos séculos que a Europa alimenta a sua riqueza com a pobreza alheia, mas seria interessante saber até onde poderia chegar uma avaliação semelhante se fosse aplicada às catástrofes da *modernização* da América Latina. E é preciso levar em conta que, na Alemanha, o Estado controla e limita, até certo ponto, os efeitos nocivos do sistema sobre as pessoas e sobre o meio ambiente. Qual seria a avaliação do dano em países como os nossos, que acreditaram na lorota do mercado livre e deixam que o dinheiro se mova feito um tigre solto? Do dano que um sistema que nos atordoa de necessidades artificiais para que esqueçamos nossas necessidades reais nos faz e nos fará? Até onde poderia ser medido? É possível medir as mutilações da alma humana? A multiplicação da violência, o envilecimento da vida cotidiana? O Oeste vive a euforia do triunfo. Depois da derrubada do Leste, o álibi está servido: no Leste, era pior. Era pior? Na verdade, creio eu, deveria ser perguntado se era essencialmente *diferente*. A Oeste: o sacrifício da justiça, em nome da liberdade, nos altares da deusa Produtividade. Ao Leste: o sacrifício da liberdade, em nome da justiça, nos altares da deusa Produtividade.

Ao Sul, estamos ainda a tempo de nos perguntarmos se essa deusa merece as nossas vidas.

1991

lepmeditores
www.lpm.com.br
o site que conta tudo

IMPRESSÃO:

PALLOTTI
GRÁFICA

Santa Maria - RS | Fone: (55) 3220.4500
www.graficapallotti.com.br